デート・ア・ライブ フラグメント

デート・ア・バレット 6

DATE A LIVE FRAGMENT DATE A BULLET 6

「どうせ、あなたも思っているのでしょう？　名前も分からない、記憶（おもいで）もない、顔すら曖昧な方を好きになるだなんて、頭がおかしいと」

「……思いませんよ。思う訳ないじゃないですか」

「折角だし、魔法も使ってみようか」
第四領域(ケセド)の支配者(ドミニオン)（魔法使い）――アリアドネ・フォックスロット
「頼むから皆さんわたしを全力で守ってくださいお願いします!!」
準精霊（遊び人）――緋衣響(ひごろもひびき)

「ともかくモンスターを倒せばよろしいんですの？」
精霊（銃使い（ガンナー））――時崎狂三（ときさきくるみ）
「皆で冒険の旅に出発だ」
準精霊（聖騎士（パラディン））――蒼（ソン）

精霊――???

「さあ、始めましょうか精霊(おなかま)さん。わたくしたちの戦争(デート)を！」

「この隣界で一緒に過ごさない？」

デート・ア・ライブ　フラグメント

デート・ア・バレット6

東出祐一郎

原案・監修：橘 公司

ファンタジア文庫

2953

口絵・本文イラスト　ＮＯＣＯ

――理不尽に唆された
――理不尽に奪われた
――理不尽に潰された
――理不尽に殺された

全てのきっかけは私であり貴女
全ての始まりはあなたとわたし
さあ――だから終わりの戦争(デート)を始めましょう

デート・ア・ライブ フラグメント

デート・ア・バレット6

DATE A LIVE FRAGMENT 6

SpiritNo.3
AstralDress-NightmareType　Weapon-ClockType[Zafkiel]

○プロローグ

悪夢のような始まりを夢に見ている。
炎を撒き散らし、あらゆる物を燃やし尽くす異形の怪物。
撃った。撃たれた。撃った。撃たれた。
撃った。撃たれた。撃った。撃たれた。
撃った。撃たれた——。
倒れ伏したのは異形の怪物。
佇むは黒と赤に色づいた少女。
伸ばした腕は／届くことなく。
冷たい瞳は／その怪物を弾劾するようで。
——ヤメテ、ヤメテ、ヤメテ、ヤメテ！
声が掠れ、喉が潰れるほど叫んでも駄目だった。
そうして、私たちは目を覚ます。

「――ああ、何て懐かしいのでしょう」

玉座に肘を突いたまま、ゆっくりと瞼を開く。夢というよりは記憶の反芻。

あの瞬間から、あの邂逅から全てが始まった。

奇縁と奇運によってもたらされた、全知全能の力。

「この隣界はわたしのものです。誰にもお渡しする訳にはまいりません」

その言葉に彼女の瞼がピクリと動いた。

「……ああ、これは失礼。〝将軍〟。私たち、わたしたち、わたくしたち、でしたね」

玉座の間には、信者であるエンプティも三幹部もいない。

ここにいるのは純白にして苛烈なる怪物、白の女王のみ。軍服のようでも、色合いはどこまでも清冽さを求めるかのような霊装。

白の女王は孤独だ。

誰とも分かり合えず、誰とも理解し得ない。狂信者はいても賛同者はいない。

配下はいても、友はいない。

「わたしはそれを寂しいと感じますが――あなたは、感じないのよね。可哀想な人」

同情めいた笑みに、またも瞼が攣るように動いた。

繰り返しになるが、玉座の間には誰もいない。淡々と……けれど、まるで当たり前のように白の女王は独り言を呟いている。

「残るは第二領域、第四領域、第五領域……さすがにここまで至ると、絡め手は難しそうですね。残念ですが、〝令嬢〟の役割はここで終わりだと思います」

穏やかな調子で、彼女は言う。

「では、〝将軍〟。後は任せます」

瞼を閉じる――開く。

ただそれだけで、場の雰囲気が厳粛なものへと変化した。さながら無数の兵士を前にした指揮官のような面持ちで、口調も声質も異なる『違う誰か』が白の女王となった。

「第五領域の召喚術士から伝達。召喚術式はほぼ完成、詠唱準備に入るようだ。まもなく、蹂躙侵攻を開始する」

◇

時崎狂三は、第五領域の門前に立つと後方を振り返りながら、今までのことを想った。

始まりは落下から。

海に溺れているような――あれは、まるでこれから死んでいく感覚に似ていた。

至った場所は第一〇領域。

隣界において、最も過酷だとされた殺し合いの領域。そこで、狂三は極めてややこしいが緋衣響という名の少女になっていたのである。

「ヒィひぃヒィ……狂三さん……手伝ってくださいよ……いや絶対に手伝わないですよね……狂三さんですもんね……」

「少しは手伝おうと思って振り返ったのですけれど、そう仰るのでしたら喜んで遠慮させていただきますわ」

「ごめんなさい手伝っていただけるとありがたいです非常に！」

そして現在、緋衣響は眠り続ける少女の肩を担ぎ、一〇ラウンドをフルに戦ったボクサーのように息を切らしている。途中で「ねむいねる」と言い放って倒れ込んだ少女を担ぎ、延々と歩き続けたのだから無理もない。

緋衣響は、かつて時崎狂三の力を奪った。狂三に成り代わり、狂三として振る舞い、復讐を遂げるために、狂三の力を行使した。

……結局、それは果たせなかった。響は狂三に力を返却し、自身の物語に決着をつけた。

そして緋衣響は狂三と共に歩むことを選んだ。

共犯者、あるいはパートナーと認識すべきだろうか、と狂三は考える。響は友人と呼ぶには近しすぎて、家族と呼ぶには遠すぎた。

「わたし、狂三さんのためなら死んでも構いませんよ？」

ある日唐突（とうとつ）に、そんな風に告白されてしまえばただの友人枠（わく）にはさすがに置きづらい。

第一〇領域（マルクト）を踏破（とうは）した狂三は、そのまま第九領域（イェソド）、第八領域（ホド）、第七領域（ネツァク）と隣界の領域を駆（か）け抜（ぬ）けていく。

様々な出会いがあった。最悪と呼ぶべき出会いも。あるいは自身に成長を促（うなが）し、過去の記憶に紐付（ひもづ）く何かを刺激（しげき）するような出会いも。

最悪の出会い——白の女王（クイーン）のことを、狂三は考える。

自分の霊装（ドレス）である〈神威霊装・三番（エロヒム）〉が黒と赤を基調とするものなら、彼女のそれは白と青。

手に持つ天使の銘（な）は〈狂々帝（ルキフグス）〉——軍刀（サーベル）と精密機械のような短銃（たんじゅう）。

その悉（ことごと）く、悉くが狂三の癪（しゃく）に障（さわ）る……鏡に映った自分が、ニタニタ薄（うす）気味悪い笑みを浮（う）かべているよう。

反転体——そんな言葉が浮かんでは沈（しず）む。いや、恐（おそ）らくは……九割九分そうなのだろう。

知識としてはあるが、それを見たことはない。

虚数（マイナス）の域に陥（おちい）った精霊（せいれい）、現実世界においてただただ破壊（はかい）をもたらす災厄（さいやく）の徒（ともがら）。

時崎狂三の、膨大(ぼうだい)な記録(じんせい)にも存在する。濁(にご)った汚点(おてん)のような代物(しろもの)。

……だが、同時に。

彼女が——白の女王(クイーン)と名乗るあの反転体が——凄(すさ)まじい力を持っていることも明瞭(めいりょう)だった。

少なくとも、真っ向勝負での勝率は低い。第三領域(ビナー)での戦いは、一矢(いっし)報(むく)いることができたものの、それだけだ。

あれ以来、分身体を生み出す力を持つ能力、【八の弾(ヘット)】は使用していない。この隣界にいる狂三は自分が本体ではなく、分身体であることを知っている。分身体が分身体を生み出す行為(こうい)に対して強い忌避(きひ)感があると同時——『生み出せば生み出すほど、自分が削(けず)られていく』という恐怖(きょうふ)が刻まれていたからだ。

だが、それでも。

いつか、使わざるを得ないだろうということも分かっている。

来(きた)る決戦の日、自分という存在を削ってでも勝たなければならない相手なのだから。ただ、問題が一つあるとすれば。【八の弾(ヘット)】を使って戦力を増強させたところで、本当に勝てる相手なのかどうか、ということだが。

さて、問題は白の女王(クイーン)の動向だ。

彼女は第三領域(ビナー)で戦ってから、一度も自分の前に姿を見せていない。ただし、彼女の手下は二人顔を見せている。ルークとビショップ、方向性こそ違うが共に強力な力を持った狂信者だった。

更(さら)に最悪なことに。彼女たちは、いくらでも復活する。ゲームのキャラクターのような勢いで、死ねばまたやり直しとばかりに白の女王(クイーン)は彼女たちを復活させる。

……一つだけ好材料がある。彼女たちの力は決まっていて変わることがない。ルークは大鎌(おおがま)を操(あやつ)る能力、ビショップは洗脳と変装能力。残るは未(いま)だ姿を見せないナイトだが、それでも白の女王(クイーン)に匹敵(ひってき)する力を持つ訳ではない。

従って、隣界に広がる一〇の領域を支配する準精霊——支配者(ドミニオン)たちの助力があれば、彼女たちに対抗(たいこう)することはできる。

……とはいえ。

「すうや……すうや……すや……」

「ひっどいガチで寝(ね)てるよこの人！」

その支配者(ドミニオン)の一人であるアリアドネ・フォックスロットは惰眠(だみん)を貪(むさぼ)っていた。第七領域(ネツァク)では、狂三にポーカー勝負で食い下がり、佐賀繰由梨(さがくれゆうり)との戦いの際にも、多大な貢献(こうけん)をしたアリアドネだが。

　とにかく、寝る。ひたすら寝る。道ばただろうが、歩いていようが走っていようが、寝たくなると瞬間的に『グウ』という声と共に寝る。

「他に戦えそうな方は……蒼さんくらいのものですわね」

「蒼さんがどうしました？」

「どうなさっているのでしょう、と」

　蒼、という名の準精霊がいる。第一〇領域で出会った彼女の異名はビスケットスマッシャー。敵対した相手をビスケットのように砕くという、恐ろしい称号を持つ彼女はしかし、どこか無邪気な少女でもあった。

　今、彼女は狂三たちが向かう第五領域にいるという。

　最前線でエンプティたちの死体をどんどん量産しているらしい（もっとも、隣界において死んだ者はたちまち溶けるようにして姿を消す。従って、死体などあってないようなものなのだが）。

　それが本当ならば、ビスケットスマッシャーからミンチメーカーに改名するべきではないだろうか……などと狂三はどうでもいいことを考える。

　いずれにせよ、雪城真夜の話が本当ならば、状況は切迫していた。

隣界崩壊の危機であると同時、白の女王との決戦も間近ということだ。

「や、やっと到着した……。そこで優雅に佇んでいる狂三さん、そろそろこの人を起こしてあげてくださいよ」

「了解ですわ。はい〈刻々帝〉」

狂三は迷わず撃った。

「起こし方に一切の慈愛がない……」

狂三は面倒ですわ、という言葉をぐっと呑み込む。これ以上言うと、余計に怠惰の烙印を押されそうだ。そしてアリアドネは、口をもごもごさせて呟いた。

「にゃ……にゃにゃ……轟音……」

「……半覚醒ですわね。もう一つ、派手に撃ってしまいましょうか、眉間とか」

「アリアドネさーん！　とっとと起きてくれないと、トリガーハッピー狂三さんが乱射魔になりかねないのですけどー！」

「……ぬ。今、起きた……」

ふぁああ、と欠伸をしつつアリアドネ・フォックスロットは名残惜しそうに枕を消した。

「それじゃ、第五領域に出発しよう。えいえいおー」

「もう到着いたしましてよ」

「ふぉ?」

アリアドネは寝ぼけていた。

第七領域から第六領域、そして第二領域へ。

雪城真夜、キャルト・ア・ジュエー、そして時崎狂三の分身体であるシスタスの三人は狂三と別方向の領域へと向かっていた。

本当ならば、第五領域に向かうべきだった。

二人の支配者、そして〈刻々帝〉が使えないとはいえ、狂三と同じ技量と武器を持つシスタス。

第五領域に攻め込んでいる女王の狂信者――エンプティの数を考慮すると、彼女たち三人が戦争に参加しないのは極めて痛手だ。

しかし。それでも彼女たちは第二領域に戻らなければならなかった。

――第七領域。佐賀繰由梨の一件が片付いた後、真夜は狂三に告げた。

「第二領域と第五領域は、この隣界において重要な意味を持つ領域だ。……白の女王はまだ気付いていないけど、時間の問題かもしれない。あるいは、もうとっくに気付いているのかも」

「どういうことですの？」

狂三の質問に真夜は言い淀み、目を逸らしかけたがすぐに首を横に振った。

「……本来なら、絶対に秘めておかねばならないことだけど。皆を信用して、このことを明かす」

真夜はその場にいる時崎狂三、緋衣響、アリアドネ・フォックスロット、佐賀繰唯に向けて、淡々としていながらも、どこか熱の籠もった口調で隣界について語り出した。

「私……いや、私たちか。第二領域にいる準精霊は、隣界について調べることを、自分の存在理由と定義している。知的好奇心とでも呼ぶべきか。私はこの隣界に準精霊として誕生してから、ずっとそれを調べ続けていた」

「私たちには老いによる肉体的な成長がない。痩せることも太ることも、縮むことも伸びることもない。傷がつくことはあっても、死体が残りはしない。これはどういうことなのか？」

「隣界において、我々が存在することができるのは、肉体ではなく魂があるからだ。そして この魂は、霊結晶の欠片という核と霊力で繋ぎ止められている」

真夜は二本の指を立てた。

「私たちの死の理由は大まかに三……いや、二種類ある」

「一つ目。生きる目的を見失うこと。準精霊が生きる目的を見失うと、私たちの内側にある霊結晶(セフィラ)の欠片は霊力を維持(いじ)することができなくなる。霊力が抜けていくと、エンプティになって、最後には消滅(しょうめつ)してしまう。……これは全員、よく分かっていると思う」

「二つ目。生きる理由があっても、霊力が抜け出る状態になればやはり消滅する。つまり、攻撃(こうげき)によって体が損壊(そんかい)する——霊結晶(セフィラ)の欠片で、この体を維持することができなくなる状態」

「二つ目は現実世界における死と、さほど変わりはありませんのね」

狂三の言葉に真夜はこくりと頷(うなず)いた。

「彼方(かなた)の世界よりは、修復しやすいというメリットはあるが……確かにその通り。さて、どちらの死にも必要な条件があるのはお分かりだろうか？」

佐賀繰唯が律儀(りちぎ)に手を掲(かか)げた。

「霊力の流出……ですか？」

「そう。どちらの死にも『霊力が流出する』という過程がまずあって、『肉体が消滅する』という結果に到達(とうたつ)する。霊力は私たちの体を形成する肉、骨、血……全てを兼(か)ねるもの。霊力はこの世界を動かす超(ちょう)強力なエネルギーと言い換(か)えてもいい。彼方の世界……現実では肉体が欠落した魂のみの状態であれば、それは死だ。でも、こちらでは死と見なされないのはそういう理屈」

「前置き長い～」

アリアドネの愚痴に、真夜はため息をついて言う。

「この前置きがなければ、白の女王の陰謀が理解できないから。……この隣界の霊力は膨大だ。ではもし、この霊力をたった一人に集中した場合どうなるか」

一同が沈黙する。

眠たげだったアリアドネの目も、思わず開かれた。

「それは――」

この隣界のありとあらゆるオブジェクトは霊力で形成されている。そして先ほどの真夜の言葉が確かなら、準精霊たちもまた霊力で形作られている。

それを、全て一人に集中したらどうなるか？

「端的に言えばこの隣界における唯一無二の〝神〟になる。ただし、隣界の準精霊たちは一人残らず消え失せる前提での〝神〟だけど」

沈黙は更に強まった。

「で、でも。でもですよ、そもそもどうやってやるんですか？　だって、そんな簡単に霊力を集めたりできるはずないですよね？」

慌てたように響が述べた。だが、狂三はそれでも厳しい表情を崩さない。

「……それが第五領域と第二領域に関係ありますの？」

「そう。まず、第五領域。ここは隣界全体の霊力調整を行う……言うなれば、操作室だ。どこかで霊力が大量消費されると、ここが起点となって霊力を供給する。その分、第五領域の霊力は終始安定しないため、不毛な領域になっているが」

「つまり、ここを抑えられると霊力のバランスが崩れる、と？」

「循環自体は各領域でも行われるから壊滅的という訳ではないが……少なくとも、今までのように気軽な霊力消費はできなくなるだろう。経済的には第九領域あたりが一番影響を受ける」

第九領域は殺し合わず、歌を歌うことで経済……霊力を循環させる領域だ。だが、それも第五領域の機能が効果を発揮してこそ。

「……なら、第二領域は一体……？」

真夜は深呼吸して、隣界における第二領域の役割を告白した。

それでようやく、その話を聞いた全員が良く理解した。してしまった。

この隣界は天国のように優しいが、その一方で地面の頼りない板を一枚外せば――そこには、無限に広がる地獄(じごく)があるのだと。

第五領域(ゲブラー)。

雪城真夜が述べた通り、噴火(ふんか)した火山の跡地(あとち)のように不毛な大地がそこには広がっていた。第一〇領域(マルクト)、第九領域(イエソド)、第八領域(ホド)、第七領域(ネツアク)……そのどれとも異なる、広大な荒野(こうや)。

草木はなく、ところどころに割れ目(クラック)があり、足下(あしもと)はゴツゴツとした岩。

「これはまた……」

「ここは初めてですけど。予想以上に不毛ですね……」

「……そう言えば話は変わるけれど。わたしも不毛なんだよぅ」

アリアドネがふと思い出したようにぽつりと呟(つぶや)く。

ほう、と狂三と響は無意識に応じた。

「……」

「……」

沈黙。

……この女、今、何と言った。二人してアリアドネを凝視(ぎょうし)すると、彼女はそこはかとなく胸を張ってもう一度言った。

「だから、不毛なんだよぅ」

なるほど。だがしかしだ。

それ威張るところなのだろうか。というか、何故それを自分たちに告白するのか。

「了解しました。では、出発いたしましょうか」

「そですね」

狂三と響は顔を見合わせ、アイコンタクト。黙殺を決め込むことにした。

「……いい反応見せてくれない。一世一代の告白したのにぃ」

「こんなところで一世一代を使用なさらないでくださいまし」

「一〇〇回くらい使った」

「使い過ぎですわ……」

呆れたように狂三がため息をついた。

「さあさあ行きましょう出発しましょう今すぐにでも！」

モタモタしていると自分に飛び火しかねない、と響は即断で動いた。それを悟ったアリアドネがニヤリと、不気味な笑みを浮かべて呟く。

「もしかして、ひびきんも？」

「ノーコメント！　ノーコメントです!!」

響は全力でコメントを拒否した。

第五領域は戦場だ。

地を埋め尽くす、白の女王の部下——空っぽ娘たちの群れ。それは人間というよりは、昆虫の軍隊のように彼女たちの目に映った。

「第五次侵攻来るよ！　無銘天使構えて！」

一人がそう指示すると、ボロボロの霊装を纏った少女たちが歯を食い縛りつつ、どうにか立ち上がった。

「霊晶爆薬は？」

霊装を加工して爆薬に仕立てた霊晶爆薬は、エンプティたちを迎撃するのに最適な、まさに虎の子といえる武器だったが、用心のためにあれだけ貯蓄していたはずのそれはほとんどを使い果たしていた。

「こちらに使える分はもう残ってません！」

まだ備蓄があるにはあったが、それは別の作戦に使用するためのもの。使用してはならないし、そもそも備蓄分は陣地から離れた場所に保管してある。

「っ……」

「隊長、指示を！」

「……残りの霊晶爆薬（ニトロドレス）を……」

決断しかけたその時、ようやく彼女が現れた。

「隊長！　篝卦（かがりけ）ハラカ直弟子（じきでし）の増援（ぞうえん）が到着（とうちゃく）！」

その言葉に、疲（つか）れ果てていた準精霊たちの生気が戻（もど）る。

「だれ、誰（だれ）が来たの⁉」

「〝ビスケットスマッシャー〟蒼！」

歓声（かんせい）が起こった。

同時に空を高速で切り裂（さ）くように飛んできた少女が、塹壕（ざんごう）の外に着地した。

「状況（じょうきょう）　確認、戦闘（せんとう）行動を開始する。支援不要。今は休んでくれていて構わない」

その言葉に、準精霊の少女たちは糸が切れたかのように崩れ落ちた。正直、とうに限界は訪れていたのだ。蒼の言葉で、彼女たちは失神するように眠りに落ちた。

そして、蒼は一人戦場に佇（たたず）む。

篝卦ハラカの教えを口に出す。

「おまえの速度は変わらない。おまえの力は変わらない。おまえの戦いは変わらない。おまえが勝つのも負けるのも、全て道理次第。だから、やるべきことを、丁寧に」

ガラスのような瞳（ひとみ）が、殺意に滾（たぎ）った。

実のところ、蒼は隣界（りんかい）の現状がどうなっているかよく分からないし、それに対する関心もない。

ただただ、戦うことと勝つことが彼女の存在理由だ。

……そして最近はそれにもう一つ。

彼女について考えることが多くなった。彼女のことを考えるとどうしてか鼓動（こどう）が弾（はず）み、胸がときめき、殺意が溢（あふ）れてしまうのだ。

これが恋（こい）だろう、と蒼は思う。

そして残念なことに、周囲に「それはちょっとおかしい」と指摘（してき）してくれる友人はいなかったのである。何しろ、親しい戦友たちもほぼほぼ戦いのことしか頭になかったので「なるほどそれが恋なのか」という反応しかなかったからだ。

俗（ぞく）に言う『脳も筋肉（のうきん）』であった。

ともあれ、蒼は無銘天使〈天星狼（ライラプス）〉――変形型ハルバードを構えた。その身に纏（まと）うは〈極死霊装・一五番（ブライニクル）〉。

「……来い」

その呟きに応じるように、白い空っぽ娘たちが一斉に襲いかかった。

先の無い命を、更に先の無い戦いに投じる彼女たちは、その狂信的な攻撃により、ここを守っていた準精霊たちの精神を削り続けていたが——。

戦闘機械のような蒼には、まるで関係がない。

閃光のような斬撃が、空を割った。一瞬遅れて、周囲一帯に衝撃波が撒き散らされる。

エンプティたちは蒼の異名、ビスケットスマッシャーを思い知らされるような一撃で、砕けて消えていく。

それでもエンプティたちは動揺することもなく、消滅を自らの死として喜びながら、なおも蒼に殺到していった。だが、そのようなものは——。

「邪魔」

蒼に無造作に屠られる程度の強さでしかない。

くすくすくす。無数の笑い声に蒼が顔をしかめる。眼前には、巨大なドラゴン——無数のエンプティが組み合わさった怪物が、蒼に向けて顎を開いていた。

「——集合体」

ドラゴンが炎息を吐き出した。

迸(ほとばし)る膨大(ぼうだい)な熱エネルギーを、蒼は回避(かいひ)しようともせず。

〈天星狼(ライラプス)〉で、叩き斬った。

その斬撃は、そのままドラゴンの全身を縦に分離(ぶんり)させる。

「笑い声がうるさい」

蒼が口から出したのは、そんな理不尽(りふじん)な一言で。

それで戦いは、あっさりと終息した。元より、ここに襲来(しゅうらい)したエンプティたちは本体ではない。しかし放置すれば、この塹壕を突破(とっぱ)されてしまえば。蟻(あり)の一穴(いっけつ)から、戦線が崩れることになる。

「困った。戦線が伸(の)びきってる……」

能天気な蒼でも、戦闘のこととなれば話は別だ。

現在、戦闘向きの準精霊は第五領域(ゲブラー)と第一〇領域(マルクト)を主な戦場としているが、そこ以外でも様々な領域で活用されている。

二四時間、第五領域(ゲブラー)のあらゆる場所から侵攻(しんこう)するエンプティたちに、数が少ない準精霊たちは疲弊(ひへい)しきっている。

そして問題は、それにもかかわらず『撤退(てったい)』する選択肢(せんたくし)が存在しないことだ。

第五領域(ゲブラー)中央にある、大洞窟(だいどうくつ)。第五ダンジョン〝エロヒム・ギボール〟——ここを占拠(せんきょ)

されている以上、敗北は確定的な状態だ。

戦線が押し込まれればその時点で敗北。かと言ってこのままではいずれ、どこかの戦線が食い破られ、崩壊(ほうかい)するだろう。

蒼がいるお陰(かげ)で、現状はかろうじて戦線を維持(いじ)することができている。

だが、それだけだ。次から次へと食い破られる網(あみ)を、必死になって修繕(しゅうぜん)しているだけ。

いつかどこかが食い破られ、戦線が崩壊し、自分たちが敗北する。

そうなる前に、状況を打破しなければならない。

第三領域(ビナー)からの侵略者(エンプティ)たちが集積する『巣(ネスト)』。

ここを叩かなければ、第五領域(ゲブラー)は侵攻の波に延々と晒(さら)され続ける。

《――蒼、聞こえるー？　こちらギルドマスターなんだけどー》

入ってきた通信に耳を澄(す)ます。

「こちら蒼。エンプティ一部隊を撃退、戦線維持に成功。ただし、全員疲れ果てて睡眠(すいみん)に移行しているので、可能であれば増援を求む。冒険(ぼうけん)者をガンガン雇(やと)え」

《む、難しいとこだなあ。まあいいや、何とかするよ。それよりも、噂(うわさ)の彼女がやってきたみたいだよ。アリアドネ・フォックスロットから通信が届いた》

「……彼女とは……」

その名前を聞いた瞬間、蒼は空を飛んだ。

《時崎狂三》

「今からそちらに向かう！」

《場所まで教えてないよね⁉》

「教えないと、怒りと悲しみのあまり無差別斬撃を敢行しそう！」

《今から教えるから！　それだけは勘弁して！》

その言葉に蒼は満足げにふんふんと頷き、更に速度を速めた。

時崎狂三が来る。

普段、何を考えているかわからないような無表情の仮面は砕かれ、喜色が全面に押し出された――つまり、ニヤニヤとしまりのないだらしない表情で、蒼は飛んでいた。

◇

第五領域に到着した狂三は、果てのない不毛な光景にうんざりした表情を浮かべた。ごつごつとした、浅黒い岩山。ところどころにある赤く鮮やかな輝きは溶岩だろうか。

「うわ、温かい」

響がおっかなびっくり地面に触れて、その熱を感じていた。

「現実でいうところの火山地帯のようですわね……」

「そうそう。ハワイの……なんだっけ……ハワイの何とかって火山とか」

「キラウエアですわね」

「それー。惜しかった」

「惜しくありませんわよ、アリアドネさん」

「しかし温かいねえ、これ。ちょうどいい温かさで……これは……眠い……」

「……撃ちますわよ？」

渋々といった表情で、アリアドネが身を起こす。

「アリアドネさーん、これからどうするんでしょ？」

「出迎えが来るはずー」

のんびりしたアリアドネの声に、狂三と響は周囲を見回す――誰もいない。

荒野の真っ只中に、三人置き去り状態である。

「……来ませんわね」

「……来ないですね」

「……のんびり待とう」

仕方ないので、揃って体育座りで出迎えを待つ。何しろ目印になりそうな建物すらも見当たらず、どこへ行くにも迷子になりそうだ。

「……寝ていい？」

「この状態がずっと続くなら仕方ないですわね」

狂三がため息をつきつつ答えると、アリアドネは嬉々とした表情で――基本的な表情は乏しいから分からないが――寝袋に潜った。

「あ、もう寝ましたよ狂三さん」

「顔に落書きでもして差し上げたい気分ですわね。ペンとか持っていらっしゃいませんこと、響さん？」

「持ってないですねー……」

となれば、二人してぼけっとするしかない。時間の浪費に多少なりとも苛立つ狂三だが、地面の温かさに自分もぼんやりし始めた。

「……暇……ですわね」

「ですねえ」

不毛な大地ではあるが。空気は暖かく、空は妙に青かった。

「第五領域まで来ちゃいましたねえ」

のんびりとした口調で響は言う。

「ですわねえ」

狂三はふと、——のことを考える。名前を思い出せない、顔もロクに思い出せない、けれど死ぬほど好きな少年のことを。

「狂三さん、例の男の子のこと考えてますよね？」

「なっ⁉」

動揺した狂三は思わず短銃を響に突きつけた。両腕を掲げて響が悲鳴を上げる。

「ちょっ！　今の話の流れで何でわたしに銃向けるんですかマジで⁉」

「失礼、つい条件反射で……」

「狂三さんの反射はどうかしてると響、思います！」

さすがに今のは自分でもどうかと思ったのか、狂三は咳払いしつつ〈刻々帝(ザフキエル)〉をしまいこむ。

「それはそれとして、正解してました？」

「……ましたわよ」

ふて腐れたように、そっぽを向いて狂三は呟く。その様子に、響はくすりと笑う。その笑顔に、狂三はますます機嫌を悪くしていく。

「どうせ、あなたも思っているのでしょう？　名前も分からない、記憶もない、顔すら曖昧な方を好きになるだなんて、頭がおかしいと」

「……思いませんよ。思う訳ないじゃないですか」

響はそっと狂三の顔を覗き込む。恥じらい、羞恥に悶えている狂三は、まさしく恋する乙女だった。

「そんな表情をする狂三さんを、おかしいと思う訳ないじゃないですか」

「わたくし……どういう表情をしていますの？」

「それは秘密です」

くすくすと楽しそうに響は笑う。彼女の表情は、きっと例の人以外の誰にも見せたことのないものだと思う。そして彼が隣界にいない以上、この顔は響が独り占めだ。

響はそれが少し、嬉しかった。

——悲しみなどない。

たとえこれが、一時の光景だったとしても。

たとえこれが、自分に向けられたものではないとしても。

——いや、違う。

自分に向けられたものではないからこそ、嬉しいのかもしれない。

死に物狂いで走り続け、戦い続ける彼女に報酬があるとすれば。自分のように吹けば消えるような生命ではなく、力強い生命であるべきだ。

　思い出がない？　それなら作ればいい。

　顔が分からない？　どうせいつか、必ず会えるのだ。

「ねえ、狂三さん」

「ええ？」

　万感の想いを弾丸のように込めて、響は伝える。

「どうか幸福になってください。その人とくっついてイチャイチャしまくりな感じで」

「……できますでしょうか」

「できますよ、きっと。だってあなたは、時崎狂三じゃないですか」

　響は穏やかにそう告げた。

◇

　……うたたねしつつ、アリアドネは二人の会話をそっと盗み聞いている。内容は他愛もないコイバナなので、誰かに伝えようか、などとは思わない。

　そもそも、狂三が以前から第一領域から彼方の世界に帰還することを願って旅していることは彼女自身が公言している。

その旅の最後に待っている、男についても。アリアドネは隣界編成（コンパイル）に巻き込まれたことがないため、伝聞でしか知らないが——ともかく、準精霊の中でも人気を誇る——誰もが恋い焦がれてしまう少年だそうだ。

そんな人間、実在するのかとアリアドネは思う。

噂が噂を呼んでるだけで、実際には大したことないんじゃないかとも思う。

そしてその癖、いざ出会ったらどうなるかちょっとときめいている自分もいる。

とはいえ、恋だの愛だのラブだのジュテームだのは基本的に面倒臭い感情で、常に眠りたがる自分の脳には大変良くない影響を与えるとアリアドネは思っている。

——ドキドキして眠れないとか、そんなん絶対嫌だよぅ……。

この魂（からだ）は、そういうものに向いていないとアリアドネは思う。

とはいえ、コイバナに興味がないかと言えばそうでもない。アリアドネはすやすやと寝息を立てつつ、更なるコイバナに耳をそばだてた。

◇

「……関係ないですけれども。イチャイチャとはどのようにするのがよろしいんですの？」

「え。そりゃあ……手を握ったり、腕を組んだり、足を絡ませたり、髪を撫でたり、食べさせあいっこしたり……生まれたままの姿で……結んだり……結ばれたり？」

響は後半になるにつれて、消え入りそうな声になった。何だかんだで、そういうことは恥ずかしいらしい。

「そういうものですの？」

問われた響は顔を赤く染めて、頬を手で押さえてぶんぶんと首を横に振る。濡れた猫がぶるぶると水を振り払う感じだな、と狂三は思った。

「……よく分かんないですけど……わたしも経験ある訳じゃないですけど……あああああ、なんかじたばたするー！」

「ホント可愛いですわねえ、響さんは」

「か、可愛いですか！」

「……ちなみに可愛いにも二種類あることをご存知でして？」

「あ、どっかで聞いたソレ！　わたしの可愛いはアレですか！　ブサ猫とかそういう類いの可愛さってことですか！」

「猫さんにブサイクはいませんわ！　皆、とてもとてもとっってても可愛らしいものでしてよ、響さん！」

狂三はやっきになって反発した。そこは絶対に譲れない。猫は猫であるというだけで、とにかく可愛いのである。それが子猫だろうが老猫だろうが太っていようが痩せていようが（病気であればもちろん心配だが）、可愛いのである無敵なのである。

「くぅ、例えが致命的に悪かった……！」

「響さん、猫さんは可愛いですわよね!?」

「はいはい可愛いですよ！　猫可愛い!!」

狂三はほーっとため息をついた。

「良かったですわ。ここで引き下がらなかったら、最早殺り合うしかないと」

「わたしの生命が風前の灯火だった！　五秒で死ぬこと分かってますよね、狂三さん！」

「はい。全力を出すつもりでしたので……」

「恥じらいながら言われても怖いんですけど」

そんなどうでもいいやりとりをしていると、不意に狂三と響を寒気が襲った。実際に寒い訳ではなく、怖気が走るほどのもの——即ち、殺気を当てられたのである。

「……！」

狂三と響は素早く臨戦態勢を取り、アリアドネもさりげなく寝袋から片手を出していた。

そして、殺気を当てられた方向を三人が睨む——高速で飛んできた人影が、目の前に着地した。

「……あなた……」

「ひ、ひ、ひ、ひさし、ぶり」

ぜーぜーはーはーと呼吸を荒げながら、蒼がハルバードを構えていた。普段のクールさは何処に置き去りにしたのか、というくらい瞳はギラギラと輝き、何か熱っぽいものが纏わり付いている。

響は率直に言って、怖かった。この怖いとは戦闘力の多寡ではなく、単純に彼女の感情が怖いのである。

「あの……狂三さん、蒼さんがなんか餓えた狼みたいな目になってんですけど」

「し、知りませんわよわたくし」

「しょ、勝負しよう。しよう。今すぐしよう」

待ちきれないとばかりに、蒼がぶんぶんとハルバードを振り回す。

「……あー、そうかぁ。蒼ちゃんって、ここが故郷だっけ。それで白の女王の兵隊相手にブンブン暴れてたからぁ――」

アリアドネがしみじみと結論を出す。

「テンション爆上がりになっちゃったんだねぇ」

「なるほど。……〈刻々帝〉・【七の弾】」

　ぼそりと狂三は呟いて、愛用の古式銃と巨大な懐中時計を背負う。興奮した蒼が気付かぬ間に、弾丸を撃ち放っていた。

「狂三さん、七番目の弾って確か……」

　狂三はつかつかと動きの止まった蒼の背後に回り込み、長銃をバットのように持つと、えいやと後頭部に振り下ろした。

「ええ、時間停止ですわ」

「勝負勝負しょう――――ぐふぅ⁉」

　蒼は勢いよく固い岩の地面に顔面を激突させた。

「落ち着きまして？」

「落ち着いた気がするが、肩と後頭部と顔面がすごく痛い……」

　蒼がちょっと涙目で顔を摩っていた。

「まあ肩は撃たれて後頭部を殴られ、地面に顔面叩きつけられましたからね……」

「すごい。あの一瞬でさすが時崎狂三。ドS中のドS」

「そんなはしたない単語、どこで覚えましたの？」

「戦場で一緒に戦った皆が色々と教えてくれた。エッチな知識も身についた。私が時崎狂三に抱いている感情も理解できた。これはデレというものらしい」

「……デレ……？」

「そう。ヤンデレだったかな？　私は時崎狂三に恋心と殺意を抱いている、らしい」

蒼は胸を張ってそう宣言した。

「なるほど……何もかも間違っていますわよ」

「何と」

「あなたの抱いた感情は敗北による屈辱。そしてそれを覆すための奮闘。恋心などでは、断じて有り得ませんわ」

「そうかなー……」

「そうですわ、そうですわ」

「むぅ……よく分からなくなってきた」

響はため息をついて、ぱんと両手を叩いた。いい加減、この不毛な地での不毛な会話を終わらせたいし、そもそも何というか、よりによって蒼と狂三がそういう会話をするのは、心底から面白くないと思う。

「さ、もうこの話題は終わり！　蒼さん、道案内してくれるんですよね？」

「え？」

「え？」

こてん、と首を傾げる蒼とそれに合わせる響。

「私は……時崎狂三が来ると聞いて無我夢中で……それ以外のことはあまり……」

「なるほど。何も知らないまま、とりあえず狂三さんが来ると聞いておっとり刀で駆けつけてきた、と」

「ねぇ、おっとり刀ってどんな刀ぁ？」

「今、その話はしてませんよ！　……ちなみにおっとりは押っ取り、刀を腰に差す暇もなくやってきた、という意味合いです」

「おっとり刀って何だかのんびりしてるよねぇ」

「わたしもそう思ってたのですが、スマホで検索かけると違うことが分かりまして……」

「待って欲しい。私はちゃんと〈天星狼〉を持ってきている。おっとり刀ではない」

「話を進めさせてくださいお願いだからー！」

狂三は響が切れるとちょっと怖いので、大人しく無言を貫いて話を進めることにした。

「……なるほど。殺し合わずに本部へ案内すればいいのだな」

「ええ。……分かりますのね？」

「大丈夫。匂いを辿ればいい」

「……匂い……？」

「本部は血の臭いがする。誰かが怪我して、誰かが死ぬ寸前で、誰かが治って前線に出ようとしてるから」

そう言ってのけた蒼の横顔に、響は一瞬目を奪われた。

先ほどまでの呆けた雰囲気はどこにもない。

一人の戦士、一頭の狼、この第五領域（ゲブラー）で戦い続けた少女の顔だった。

「……蒼さん、ずっとその顔でいた方がいいと思いますわよ」

「ですね……」

「む？」

こてんと、蒼は首を傾げた。

歩いて二時間掛かる、という知らせにアリアドネは絶望した。蒼がため息をついて、彼女を寝袋にくるんだまま〈天星狼（ライラプス）〉の穂先でひょいと担ぎ上げた。

「ミノムシですね……」

「ミノムシですわね……」

「ミノムシでいいよぅ……むにゃ……」

アリアドネはその状態でもさして問題ないらしく、ぐうぐうすやすやと眠っている。

「時崎狂三がここに辿り着いたのは、やはり白の女王の軍と戦うため？　それとも私と会って殺し合ってくれるため？　あるいは、私と会って恋してくれるため？」

「白の女王と戦うたーめーでーすー！」

「むぅ。緋衣響に問い質した訳ではないのだが」

「ふかーっ、ふやーっ！」

猫のように威嚇する響を、困惑しつつ蒼は退ける。

「まあ、響さんの言う通りですわ。ただ……そうですわね。それ以外にも、ちゃんとした立派な目的がありますわよ？」

「ほう、それは？」

「この隣界を救う、ですわ」

にこりと狂三が笑う――蒼はおおー、と呻いた。

「立派な目的だと思う」

「蒼さんも隣界のために戦っているんじゃ？」

「……ううん。私は徹頭徹尾、自分のためだけに戦っている。だって、そういう風に生まれついたから」

当たり前のように、彼女はそう呟いた。

「まあ、それも一種の生き方ですわね」

「……私がこう言うと、よく眉を顰められるけど……」

「わたくしだって、隣界を救うのはついでですわ。白の女王を倒すことすらもついでです。その辺はハッキリ明言させていただきますわ」

「ああ、そうかぁ。狂三ちゃんにとって、あの人に会うことが一番の目的だものねぇ」

アリアドネの言葉に、狂三は肩を竦める。

「否定はしませんわ」

少しだけ、アリアドネの目が細まる――少し肌寒さを感じた響が訝しげにアリアドネを見つめる。

「アリアドネさん？」

「なーんでーもなーいーよーぅ」

誤魔化すように、アリアドネは微笑んだ。狂三は気付かず（そもそも彼女は他者の感情を慮り、考察するような性格ではない）、蒼も気付かず、ただ響だけがアリアドネが発した冷えた感情を、肌で知覚していた。

◇

しばらく歩き続けると、狂三たちは妙（みょう）なことに気付いた。

「匂い……しますね？」

響の問い掛けに、狂三も頷（うなず）く。確かに匂いがする。

「これは……草の匂い……？」

「うん。もうそろそろ中央地帯に到着（とうちゃく）する。ここからは、不毛じゃなくなるから」

蒼の言葉通り、しばらく歩くと突然（とつぜん）見渡（みわた）す限り草原が広がっていた。

「え、え、え、不毛の土地じゃなかったんですか、第五領域（ゲブラー）って？」

響がおろおろしながらそう言うと、蒼は肩を竦めた。

「他領域には基本的に情報が伏（ふ）せられていたが、実はこの第五領域（ゲブラー）では中央地帯が草原地帯になっている。……いや、正確に言うと少し違うけど」

「？　？　？」

こてん、と響が首を傾げた。狂三が訝しげに、地面を眺（なが）めている。

「変ですわね。普通（ふつう）こういう地面は、何といいますか……徐々（じょじょ）に変わっていくものではありませんの？」

狂三が見ているのは、草原と不毛な大地の境界線だった。一ミリのズレもブレもなく、綺麗に隔てられている。

「この草原は……とある支配者が作り上げたもの。作り上げて、そのまま満足して消えてしまった」

「人為的に作られたもの……ということですの？」

「そう。その支配者は……とても好きだったらしい」

「ああ、確かにいいですよね。こういう草原――」

さて。

響はこの時、『とても好きだったらしい』という言葉を当然、草原が好きだったのだろう、と解釈した。人が自然の風景を好むのはごくごく普通の嗜好であるし、響とて決して嫌いな訳ではない。

しかし、違う。蒼の言葉には、致命的なものが欠落していた。

「……あれ、何ですの？」

おずおずと狂三が指差した方向を向く。

果たしてそこには、青緑色をしたゼリー状の物体がぷるぷると蠢いていた。

「あれは……ええと……何だっけ……」

「巨大なフルーツゼリーか何かです？　メールーヘーンー♪」

とてとてと無防備に近付く響、蒼は考え込んで足を止め、狂三は直感であまり近寄ると危険だと認識していた。アリアドネは寝ていた。

ただ一人、好奇心旺盛（こうきおうせい）で狂三と蒼とアリアドネまでいるのだから、命の危険などあるはずないだろう、と考えていた響だけが明らかに油断していたのである。

「思い出した、スライムだ」

蒼がぽん、と手を叩（たた）いた。

「へ？　スライムってぎゃあああああああああ！」

そして接近した響にスライムが飛びかかった。どぷり、という感じで響がスライムに包まれる。

「響さん！」

狂三は即座（そくざ）に〈刻々帝（ザフキエル）〉の短銃（たんじゅう）を取り出し、響に向けた。

「ごぼぼぼごぼごごごごぼぼぼぼぼぼぼぼ（すいません、撃たないでくれますかーーー!?）」

「時崎狂三、核（コア）を狙（ねら）わないとスライムは倒せない」

「核（コア）ってどこですの？」

「緋衣響の隣で浮（う）いている、濃（こ）い緑色のボールみたいな……」

「ああ、あれですわね」

即断。響がパニックになって暴れているにもかかわらず、狂三はまったく意に介さず、銃弾を撃ち込んだ。スライムの核が吹き飛ぶと、たちまちスライムはその粘性を失ってどちゃりと地面に沈んだ。

「……ひい……し、死ぬかと思った……た、た、た、た……？」

「響さん、だいじょ――――何やってますの？」

準精霊は各々、霊装と呼ばれる服を身に纏っている。霊力で編み上げられたそれは、準精霊たちの体を守るだけでなく、様々な能力すら付与されている。例えば蒼の霊装である〈極死霊装・一五番〉は身を守るだけでなく、範囲攻撃に転化することも可能である。狂三の霊装、〈神威霊装・三番〉に至っては生半可な攻撃を遮断する、桁外れの防御能力を有している。

そして響もまた、霊装を纏っている――纏っていたのだが。

「ギャ――――――――――――――！」

スライムの粘液で、その霊装は見るも無惨に溶けていた。そして当然、服が溶ければ、そこにあるのは裸である。

「……このように、スライムは霊装を一時的に溶かす特性がある。五分もすれば元に戻るが、それまでは全裸で過ごさねばならない」

「それを早く言ってよおおおおおお！」

響はしゃがみ込んで、ヤバい部分をどうにか両手で隠しつつそう絶叫した。

「言おうとする前に近付いたんだもん……」

蒼がそっぽを向いた。ぐうの音も出ない正論に響がうぐぐ、と歯噛みする。

「まああ、良かったではありませんの。皮膚が溶けずに済んで……」

「ぐろい!!　想像させないでくださいよ、狂三さん……！」

「さあさあ、ひとまずこれを着けてくださいまし」

狂三が優しく響に声を掛ける。

「うう、ありがとうございま………」

狂三が優しく響に声を掛ける……ただし、満面の笑みで木の枝を差し出しながらだが。

「これで隠せと!?　鬼！　悪夢！　狂三！」

「冗談ですわよ、冗談♪」

「笑顔が全く冗談じゃなかった……ガチのガチだった……！」

「はい、こういう時のための『ただの布』」

蒼が手渡した布を全身に巻き付け、響は安堵の息をついた。

「ありがとうございます……でも、こういう時のためって？」

「初心者は大抵(たいてい)、このスライムに引っかかる。第五領域(ゲブラー)の登竜門(とうりゅうもん)みたいなもの」

「それ以前に、そもそもなぜスライムなどというものがいますの？」

狂三の問いに、響もこくこくと頷く。ここは隣界、準精霊以外の生物は鼠一匹(ねずみいっぴき)といえども存在しない。更(さら)に言うなら、スライムはそもそも現実にも存在しない。

「……これが先代支配者(ドミニオン)の願い。彼女はその強力無比な力を使い、この大いなる幻想(ファンタジー)を創り上げた」

「願い……」

響の呟きに、蒼がこくんと頷く。

「『わたしも、ファンタジー世界で、わたしＴＵＥＥＥしたい！』という——ささやかで純真無垢(むく)な願いだったとか」

「無垢からかけ離(はな)れた俗(ぞく)っぽい願いですよ！」

「蒼はよく分かんないからこういうの。受け売りなのだ」

「……その支配者(ドミニオン)の力で、この領域が変質した……ということですの？」

「うん。死に際(ぎわ)に自分の生命を全て使い果たす勢いで構築したらしく、死後もこうやって残り続けている。霊力で編まれたモンスターは生物ではないが、生物らしく動き回り、こちらを攻撃してくる。割と楽しい」

「楽しい？　楽しいんですか、これ？」

うん、と蒼は頷く。ほんの少しはにかんで見えるのは、響の目の錯覚(さっかく)ではないらしい。

「その支配者(ドミニオン)が構築したのは、フィールドだけじゃない。世界のシステムそのものも弄くった」

「どういうことですの？」

「第九領域(イェソド)では、アイドルを中心とした経済活動によって霊力が循環(じゅんかん)していた。それと同じで、第五領域(ゲブラー)ではこの……ええと……ファンタジー的な場所で戦うことで霊力を回していた」

「おー……」

アリアドネがぼんやりした表情で眉を動かす。

「戦うことが半ば義務のようだったのも、それが理由。『スキル』『ステータス』『ジョブ』『冒険者ギルド』……故支配者(ドミニオン)はシステムとしてそれも組み込んでいた。違(ちが)う領域に飛ぶと、当然無効だけど」

響が突然、両腕(りょううで)を掲(かか)げて叫(さけ)んだ。

「『スキル』!?　『ステータス』!?　『ジョブ』!?　『冒険者(ぼうけん)ギルド』!?　何ですかその胸が

ときめくキーワードの数々は！　響ちゃん、大興奮ですよ！」

「え、なんで興奮しますの……」

先ほどまで半べそだった響が浮かれながら踊り始めたのを見て、狂三は若干引いた。

「だってファンタジーですよファンタジー！　これからわたしと狂三さんで、めくるめく大冒険に出かけるんですよドラゴン退治ですよ山賊退治ですよ聖女になって浄化ですよ!!」

「はあ……ドラゴン……聖女……」

あまりピンと来ない狂三は訝しげに響を見やる。

「蒼さん、もうステータスはオープンできるんですか？」

「冒険者ギルドに登録しないとダメ」

「そっかー、それじゃ早速行きましょう出発しましょう。さあ、皆さんハリーハリー！」

響が走り出す。狂三はため息をついて、それを追いかけ始めた。

なお、会話に加わっていないアリアドネは蒼にぶら下げられたまま就寝中である。面倒そうな出来事には関わらない、それがアリアドネの理念だからだ。

「――それはそれとして、いい加減起きてくださいまし」

「あうち」

狂三がアリアドネの頬を引っ張り、起床を強制した。彼女は渋々……心底嫌そうな表情で、寝袋から抜け出した。

「ねむい……」

「さあ、皆さん遅いですよ！　ヤッホー、ファンタジーだぜぇー！」

浮かれに浮かれた響は、ぴょんぴょんと飛び跳ねていた。

「布がほどけますわよー！」

狂三の呼びかけに、響はVサインで応じる。

「踏ん張ってるから大丈夫で――ぎゃあ！」

案の定というべきか。布がほどけて落下し、響はまた悲鳴を上げて蹲るハメになった。

環境の変化は如実だった。いつのまにか広大な草原が広がり、舗装こそされていないものの街道がずっと続いている。

「ほえー……凄いですね」

響が啞然とした表情で、周囲を見回している。

「凄い……ですの？」

「ええ、そりゃもう。だってこのフィールド、蒼さんの話が正しければ、たった一人の空想で全て形作られたんですよ。そりゃ、第一〇領域でも似たようなことをやっていましたけど、あそことは広さとディテールのレベルが桁外れに違います」

　響の言葉にアリアドネも頷き、このフィールドを創成した準精霊を賞賛した。

「確かに凄いよねぇ。草・樹木・土それからモンスター。妄想……空想力がちょっと度を超しているっていうかぁ……ちょっぴり、頭がおかしいレベル」

「この空想を実現させるために、凄い勢いで各領域を回って霊力を集めたみたい。なので、恨んでた準精霊も多い。カツアゲみたいなものだったらしいから」

「なるほど。頭おかしいですわね……」

「――と言っていると、到着した。あそこが最初にして最後の街、『ホイール』」

　蒼が指差した先には確かに彼女の言った通り、石壁にぐるりと囲まれた街が見えた。

「ああ、いかにもそれっぽい街ですねー。お約束です」

「そうですの……」

　響が納得したように何度も頷く。狂三はその辺のお約束とやらがよく分からないので、曖昧に返事をした。

「宿屋とかあるぅ？」

「ある。だが、その前に何はなくとも冒険者ギルドに行こう」

　アリアドネのリクエストに、蒼は素っ気なく回答した。ちぇっ、とアリアドネは舌打ちしながらも、彼女に従って歩き出す。

　そして響は、ぷるぷると全身を感動に震えさせていた。

「ファンタジーだ、ファンタジーですよ狂三さん……！」

「……感動しすぎではありませんの？」

「えー、でも剣と魔法のファンタジーとか、女の子のロマンじゃありませんか？　片手に剣、片手に魔法。身一つで歩き出す冒険の旅、出会う冒険の仲間、遭遇うモンスター、宿命のライバル登場、そして魔王との戦い！」

　ふんすふんすと興奮する響に、狂三は苦笑する。

「あまり共感が湧きませんわねえ……。あと、わたくしの武器って銃ですし」

　剣と魔法じゃなくて銃と魔法では、かなり勝手が違う。

「そんなこと言わずに言わずに」

　響は狂三の手を引っ張って走り出す。

「張り切りすぎですわよー」

　狂三はため息をつきつつも、響の手を受け入れた。

　街の風景は一言で言って奇妙だった。中世ヨーロッパ――「ああ、響さん。中世といっても時代的には極めて幅広いので、もう少し具体的に説明した方がよろしいですわ」――いやとにかく中世ヨーロッパっぽいとこ！　であるが、行き交う準精霊たちの姿は当然のように千差万別だ。

負傷した準精霊が、息せき切って運ばれていく。遠方には煙が見えており、どうやら戦場の負傷者がここに運び込まれているようだった。

「ところで響さん、お詳しいと思うので一つ質問が」

「はいはい？」

「冒険者ギルドって、何ですの？」

「……お、おおう。そこからですか……」

「ギルドは分かりますわよ。西洋史の授業で学びましたから。商人ギルド、あるいは職人ギルドなど、いわゆる同職の方々で結成された組合ですわよね？　有名どころでは、フリーメイソンの前身は石工ギルドだったとか」

「合ってます、合ってますが、ちょっと、なんか、違う！　…………………………というかアレですね。一から説明するの意外に難しいですねコレ！　とりあえず行ってみましょう！　行けば分かる……はず！」

誤魔化された気がする、と思いつつも狂三は素直に後をついていく。

立ち並ぶ民家を横目に見ながら街路をしばらく歩くと、一際大きな建物があった。両開きの扉は開放されていて、窓からは『誰でも歓迎』『冒険者ギルドへようこそ』などと描かれた垂れ幕がぶら下がっている。

「会議所……みたいなところですわね」

「垂れ幕はなんか現実に帰らされてる感じがしますが、まあとにかく中へ入りましょう」

中に入ると、そこにいた準精霊たちの視線が一斉に狂三と響へ集中した。

「もしかして、あれ時崎狂三……？」「嘘、精霊って噂の!?」「冒険者ギルドに来たってことは冒険者になるの!?」「じゃあ例のクエスト担当なのかな！」「オラ戦ってみてえ！」「おい何か淑女にあるまじき言葉遣いのヤツがいたぞ」「この第五領域に淑女なんてどこにもいないですわよ！」「それより回復続けて……死にかけてるのわたし……」「あ、ごめん。はい回復回復……疲れたので交代していい？」「別にいいけど、私の高回復は効果が高い代わりに滅茶苦茶痛いよ？」「いいよ、交代交代」「おいわたしの意思を確認しろ」

「……大変騒がしいですわね……」

「さすが狂三さん、いついかなるときでも渦中の女」

「時崎狂三。こちらへ」

先行していた蒼が狂三を手招いた。市役所の受付のようなカウンターで、一人の準精霊がカチカチに緊張したまま立っている。

「ああ、受付嬢……受付嬢ですよ狂三さん……！」

「何に感動していますの」

狂三には響の感動ポイントが分からなかった。

「い、い、い、いらっしゃいませ。冒険者ギルドへようこそ。こちらでは、その、ええと、あの、アレ、アレをしております」

「……アレとは……？」

狂三がこてんと首を傾げる。ただそれだけで、受付嬢は三回殺されたような表情を浮かべた。

「ぼ、冒険者登録です！　登録受付しております！」

「……なんでこんなに怯えられてるんです、狂三さん」

「知りませんわよ!?」

響のジト目にさすがの狂三も猛抗議した。ひらりとアリアドネが手を掲げる。

「多分、蒼ちゃんのせい」

「……何ですと？」

「？　私はただ、時崎狂三がいかに凶暴で凶悪で最強で最狂で世界最強の魔王に相応しいかをこの第五領域にいる間、熱弁していただけだけど」

「それ以外ありませんわ」

狂三はため息をつく。道理で発言の裏に、殺さないで、と命乞いが滲み出ていると思ったのだ。

「まあいい。とりあえず登録をして欲しい」

「いえ、ちっとも良くはありませんが……登録いたしますわよ。どうすればよろしいんですの？」

狂三が受付嬢に目線をやる。彼女は半べそになりつつも、カウンターに置かれていた琥珀色の水晶玉を押し出した。

「こ、この宝珠に手を当ててください。〝登録〟と言うことで冒険者としての登録が完了します。冒険者ランクはどなたでも、基本的にEからで――」

「はいはいはいはい登録します登録しまーーーす！」

「……躊躇とか一切なかったですわね……」

息せき切って、響が宝珠に手を押し当てた。

「ふふふ、こんな面白おかしいことに躊躇なんてしませんよ！　さあ、わたしのステータスやいかに!!」

HIBIKI HIGOROMO

緋衣響

レベル 13　冒険者ランク E

第七霊属

ジョブ

遊び人（転職可能）　サブジョブ：プロデューサー／雀士／商人

スパイ／メイド／丁稚／復讐者

霊装：D〈漂白霊装・一三三番（ブリーチング・エア）〉

無銘天使：B〈王位簒奪（キングキリング）〉

能力値

力：E

耐久力：C（ある意味）

霊力：E

敏捷性：E

知力：D

成長性：C

スキル

【麻雀：B】【プロデュース：S】【火事場の馬鹿力：S】【環境適応力：A】【器用貧乏：C】【ヘイトエスケープ：C】【悪夢の使い魔：B】

「ひっどい数字ひっどいジョブひっどいスキル！」

響は床に崩れ落ちた。蒼とアリアドネ、そして狂三も宝珠から ホログラム風に投影された響のステータスを覗き込む。

「うん、予想通りのひどいステータスだった」

淡々と断言するのは蒼。

「まあまあ、成長性があるからぁ。少しは希望が持てると思うのねぇ」

慰めるのはアリアドネ。

「……面白いですわね。人生の縮図という感じがいたしますわ」

そして感心する狂三。復讐者、のところに線が引かれているのはこのジョブは既に終了している、ということだろう。響の復讐は既に終わっているし、意味がないのだ。

「それにしても遊び人なんて酷くありませんか!?」

響が猛烈抗議すると、受付嬢は困ったように眉を寄せた。

「そう言われましても……この登録宝珠は、これまでの蓄積された経験から最適な職業を自動選択するようになっておりまして……」

「これではまるで、わたしが色んな領域で色んなことをやらかしてたチャランポランな準精霊に見えるじゃないですか！　……その通りと言われればぐうの音も出ませんが」

「緋衣響。心配しなくても、すぐに転職できる。それに遊び人にだって利点はある」

「利点？　どんなですか？　賢者に一足飛びになれるとか？」

「人生が楽しい」

「そいつぁスゴいメリットですねてやんでい！」

狂三はそっと口元を隠した。大笑いするなど、淑女の沽券に関わる。

「……まあ、落ち着いて見直してみると基礎能力以外は悪くないですね。特にスキル。【麻雀：B】【プロデュース：S】は置いといても、【火事場の馬鹿力：S】【環境適応力：A】は生き残るのに有利ですし。【器用貧乏：C】も……まあ器用であることに違いはありませんし……」

ぶつぶつと、響は自身のステータスを見ながら呟く。受付嬢も内心では、基礎能力はともかくとして、スキルに関しては特級のレアが揃っているのを見て、さすが時崎狂三の手下だ、と舌を巻いていた。

「この【ヘイトエスケープ：C】というのは何ですの？」

「あー、多分ですけど敵対行動をしてもヘイト値の上昇を抑えられる……あたりですかね、単語の意味合いだけで判断するなら」

「はい、その通りです。緋衣響さんは、敵を攻撃しない限りは、自身のヘイト値を上げることもなく、狙われるリスクが抑えられます」

響と受付嬢の言葉に、狂三はまたも首を傾げる。

「……そもそも、そのヘイト値とは？」

「そうか、そこからですよね。えーと……敵対心、みたいに考えていただけると。つまり、わたしはモンスターに出会ったとしても、石でも投げて当てない限り、襲われることはありません。逆に言うと、わたし以外の誰かが襲われるんですが」

「なるほど……」

分かったような、分からないような。時崎狂三は、これまでこの手のファンタジーとほぼ縁が無かった。精々が指輪を巡る傑作大河ファンタジー小説を読んだ程度で、当然ながら小説にヘイト値だのスキルだのは出てこないのだ。

「それじゃぁ、次はわたしがやるねぇ」

アリアドネがひらひらと手を動かした。

「あら、まだ登録しておられませんでしたの？」

「みんなと一緒がいいなあってぇ」

アリアドネはにへらと笑った。狂三が一瞬、警戒を緩めるほどに屈託のない笑み。彼女も何だかんだでこの状況を少しは楽しんでいるらしい。

「じゃあこれで……〝登録〟っと」

ARIADNE FOXROT

アリアドネ・フォックスロット

レベル **99** 冒険者ランク **E**

第四霊属

ジョブ

ジョブ:支配者(ドミニオン) サブジョブ:霊糸使い(クイックシルバー・ストリンガー)

ジョブ:スリーパー/引き籠もり/???

霊装:C〈快眠霊装・三〇番(ナイトフォール)〉

無銘天使:A〈太陰太陽二四節気(たいいんたいようにじゅうよんせつき)〉

能力値

力:D

耐久力:B

霊力:A

敏捷性:E

知力:A

成長性:B

スキル

【居眠り:S】【糸操作:S】【戦闘経験:A】【支配力:B】

【???:?】【???:?】

【???:S】

ていたのを見て、ほほうと感心した様子だ。

響は開口一番そう言い放った。蒼も力と敏捷性以外のほとんど全てが高ランクに纏まっているのを見て、ほほうと感心した様子だ。

「レベル99ってカンストしてません？」

「調査できる限界値というだけで実際にはもっと高いかもです」

「ヒエー」

受付嬢の言葉に響が悲鳴を上げる。アリアドネは若干不服そうだった。

「むぅ……レベル1から順繰りにレベルアップするのが気持ちいいのに」

「99からは少々上がりにくい。でも、どうせ行く先は高ランクモンスター地帯だから。ガンガンいけると思う」

「この『？』は一体なんですの？」

「ええと、それは非公開ステータスですね。隠しておきたいステータスは、無意識下でも宝珠が判定して、自動的に隠蔽してくれます」

「まだまだ秘密がある、ということですわね」

「えへへ、そう言うことにしておくねぇ」

アリアドネはにんまりと笑った。

「では、ついでに私のステータスも明かしておこう」

そう言いつつ、蒼は手のひらを宝珠(オーブ)に載せた。

「〝開示〟」

TSUAN

蒼

レベル 99　冒険者ランク A

第四及び第一〇霊属

ジョブ

ジョブ：重装戦士　サブジョブ：篝卦ハラカの直弟子／聖騎士／アイドル

霊装：A〈極死霊装・一五番（ブライニクル）〉

無銘天使：A〈天星狼（ライラプス）〉

能力値

力：A

耐久力：A

霊力：B

敏捷性：A

知力：D

成長性：A

スキル

【飛行：B】【筋力向上：S】【戦闘経験：A】【アイドル：A】【火事場の馬鹿力（常時）：A】【敵対者鑑定：A】【無銘天使習熟・ハルバード：S】【？？？：？】

「ははー……シンプルイズベスト。ほとんどが高いランクで纏まってますねー」

響が感心したようにステータスを覗き込む。

「ふっふっふ。伊達に第五領域で死線を潜ってきた訳ではない」

「はい。篝卦様がいらっしゃらなくとも、対白の女王戦線が維持できているのは蒼様のお陰です」

「うやまえー（威張る蒼）」「ははー（平伏する受付嬢）」

「この受付嬢、ノリいいな……って、狂三さん？」

先ほどから沈黙を続けていた狂三が、ぽんと手を叩いた。

「……ああ、なるほど。『S』って『A』の上位互換ですのね！」

「そこかー！」

「順当にいくなら、Aが一番上でSが一番下かと思ったのですけど、その割にはわたくしの知っている能力とちぐはぐだな、と……」

なるほどなるほど、と納得したように頷く狂三。

その惚けた様子に、アリアドネはニヤリと笑う。

「これはもしかすると、くるみんは案外大したことのないステータス表記だったりするかもねぇ」

「まっさかー。我らが狂三さんです！　絶対にトンデモステータスを見せつけて『あらあら、わたくし何かやりましたかしら？』とか言ってくれますよ絶対に！　そして多分本当にやらかしてる！」

「うんうん。私の知っている時崎狂三なら、きっと凄いものを見せてくれる」

響と蒼の無駄に高まる期待。狂三も実のところ、今の自分がどのような力を持つのか、客観視できるのは悪くないと思っていた。そもそも、万が一低かったとしても気にしない。自分が培ってきた力や自信は、そんなものでは崩れない。

「では、わたくしも。ええと……〝登録〟」

狂三が宝珠に触れて、キーワードを発した。

……さて。この場にいる狂三と受付嬢を除いた三人はそれぞれこんな風に考えていた。

アリアドネは、

——ああは言ったけど、ステータスもスキルもSランクのカンスト冒険者だろうねえ。

と無難に考えた。

蒼は、

——時崎狂三のことだから、Sランクの上とかも有り得るかもしれない。その場合はS

SとかSSSランクとかになるのだろうか。

と考え。

そして響は、

――狂三さんだしなあ……とにかく面白(おもしろ)そうな予感しかしなーい。

と全幅(ぜんぷく)の信頼(しんらい)(?)を寄せていた。

結論から言うと、三人とも合っているようで合っていなかった。カンストであり、Sランクの上であり、面白かった。だがカンストには見えず、Sランクの上かは分からず、ある意味で面白くないとも言えた。

そんな時崎狂三のステータスは以下の通りである。

KURUMI TOKISAKI

時崎狂三

レベル 死ｼ死ｼｼﾈﾈ　冒険者ランク ？

第三精霊

ジョブ

帝沚ﾍﾍ惡銃　サブジョブ：我dｱｰﾙｰ／放浪者

霊装：？？？〈神威霊装・三番（エロヒム）〉

天使：理解不能能能能能能能能ﾉｳﾉｳﾉｳﾉｳﾉｳﾉｳﾉｳﾉｳ〈刻々帝（ザフキエル）〉

能力値

ﾊﾟﾜｰｲｽﾞ：”●☆§危#

耐久力：errorrrrrrrrrrrrrrrrrrrrr

霊力：異界

敏ｼｮｳ生：殺

知力：呪

ｾｲ長ｾｲ：果てしのない果てしのない果てしのない果てしのない果てし果てしの果ては果t

スキル

【生　存：S】【殺　意：S】【殺　戮：S】【刻々々々々々々々：S】【〈時喰みの城〉：虚】【アイドル：S】【神：A】【悪夢：¶†U】【■■■：■】【■■■：■】【■■■：■】【■■■：■】【■■■：■】【■■■：■】【■■■：■】【■■■：■】【■■■：■】【■■■：■】【■■■：■】【■■■：■】【■■■：■】【■■■：■】

「こっわあああああああああああああああああああ!?」

響は絶叫した。アリアドネはドン引いた。蒼はときめいた。受付嬢は昏倒した。

そして狂三は呆然と呟いた。

「……なんですの、これ」

「それはわたしの台詞ですよ！　本当に『わたくし何かやりまして？』案件ですよ……って言うかステータスの悉くが、実に実におぞましいですね……」

響がステータスを眺めてしんみりと呟いている。

「スキルも……なんかシンプル過ぎて逆に怖いものがあるよねぇ……」

アリアドネもうんうんと頷き同意。

「【生存】はまあいいとして、スキルの【殺意】と【殺戮】がSランクで【神】がAランク、【悪夢】に至ってはランクすら不明という……そもそもどういうスキルなんですかね……」

「怖いということしか分からないよねぇ」

「怖いを通り越して、何というか狂気的というか冒瀆的というかラブクラ案件じゃないですか、これ？　正気度のチェックとかした方が良くないです？　レベルの『死ジ死ジジネネ』がホント怖い！　殺意しか感じられねー！」

「わたしはステータスが全般的に怖い。ランク『異界』とかランク『果てしのない…』とか。スキル、〈時喰みの城〉の虚ランクも何だかよく分からないが、絶対に恐ろしいことが起きるって確定だよぅ……」

「スキルの多さの割に隠されまくってるのも怖い……？　じゃなくて黒塗りなのが、更に」

「とにかく、さすが時崎狂三と言えよう」

そしてアイドルの後方彼氏面でニヒルに笑う蒼。

そして肝心の狂三は一人、しょぼくれていた。

「もうちょっと真っ当なステータスが良かったですわー……」

「諦めましょうよ狂三さん。狂三さんだから仕方ないじゃないですか」

狂三はとりあえず響の頬をつねることで、気を紛らわせることにした。悲鳴が聞こえるがガン無視。

◇

気絶していた受付嬢がどうにか立ち直り、こほんと咳払い。

「そ、それでは皆さんの冒険者登録も済みましたので」

響がカウンターに身を乗り出す。

「はいはい、済みましたので！」

「早速ですが、クエストの受注をお願いしたいのですが――」

「いいですねいいですね実にいいですねぇ！」

狂三がくいくいと響の袖を引っ張った。

「あの……クエストとは？」

「冒険者になった人間が受けるミッションみたいなものです。スライムを倒して欲しいとか、薬草を集めて欲しいとか。そういうクエストを引き受けてコツコツと冒険者ランクを上げていくんですよ」

「冒険者ランクを上げていくと、いいことがありますの？」

「偉くなります！」

「はあ……」

「その……皆さん、申し訳ないのですが……皆さんにお受けいただきたいクエストは、ただ一つなんです」

「……一つ？」

「はい。こちらです、読み上げますね。ええと……『第五ダンジョン〝エロヒム・ギボール〟に潜入、エンプティたちの巣に潜入して欲しい　難易度S』とのことです」

受付嬢の台詞に、一同は沈黙して顔を見合わせる。

そして蒼がポツリと呟いた。

「そう言えば……私たちは、白の女王の軍隊と戦っていたんだ。少し忘れてた」

「そんな大事なことを忘れちゃダメですよわたしも勢い余って忘れていましたが！」

「二人ともしゃんとしてくださいまし。わたくしはちょっと忘れていただけですわ」

「ちなみにわたしも忘れていたりしてぇ……」

「あの、部外者が言うのも何ですが大丈夫でしょうか？」

受付嬢の言葉に、響は強引にクエスト受注用の紙をひったくって言った。

「大丈夫。お任せください！」

○いざ冒険の旅

冒険の旅に出る、と言えば当然ながら準備すべきものがある。

「装備を準備しましょう。武器や防具は装備しなきゃ使えないんですから」

「装備していますわよ」

「わたしもしてるぅ」

「してるけど？」

「……わたしもしてますね……武器も防具も……。いえ、折角なので霊装を変化させましょう。コスチュームチェンジで気分を盛り上げるのです」

響の言葉に、狂三が訝しげに問い掛ける。

「それ、必要ですの？」

「必要です滅茶苦茶必要です何だったら出るとこ出てもいいです」

「いいよぅ。気分転換になりそうだしぃ」

アリアドネがひらひらと手を動かし、珍しく能動的な言葉を発した。

「私はどうでもいいが、時崎狂三が服装を変えるなら当然付き合う」

蒼の期待に満ち満ちた目。狂三はため息をついて、響の提案を受け入れた。

「仕方ありませんわね。気は進みませんが――」

街の裏通りをしばらく歩くと、鍛冶屋と武器屋を兼ねた店に辿り着いた。

「受付嬢さんの話によれば、ここで霊装を着替えられるみたいですけど……」

通常、準精霊に与えられた霊装は一張羅だ。この隣界で生きる限り、生涯同じものでなければならない。

しかし、とはいえ。ずっと着ているものが同じというのは、やはり十代の姿と心を持つ準精霊たちにとっては座りが悪かった。

よって、霊装の見た目を変える――というのは、大抵の領域で行われている。第九領域でアイドルのコスチュームに着替えた経験もあり、狂三もそれほど忌避感はない。

……なかったのだが。

「それでは皆さん、着替えましょう！　あ、狂三さんはわたしが幾つか衣装をピックアップしておきます。安心して選んでくださいね」

「安心できる要素が微塵もありませんわー……」

「まあまあそう言わずに。まあまあまあまあ……」

流れるような動作で、響は狂三を更衣室へと押し込んだ。ここらへん、狂三の扱い方を完全に心得ている。

「じゃ、わたしたちも着替えよっかぁ。んー……何がいいかなぁ……」

「私はこのままでもいいのだが……まあ、折角だし」

アリアドネと蒼も、服を着替えることに異論はない。どれほどの異能、戦闘力を持っていようとも、それはそれ。彼女たちは、華やかな服を着ることも当然好きだ。

しばらくの後。

最初に出てきたのは、響だった。響は自身を斥候と見なしたらしく、軽装のレザー製の胸当てとホットパンツ。髪はリボンでポニーテールにまとめてみた。

すらりとした健康的な肢体も相まって、いかにも活動的な少女に見える。

「皆さん、どうですかー?」

「よーし、これでどうだー」

続いて出てきたのは、アリアドネ・フォックスロット。彼女は魔法使い風の衣装を選択したらしい。とんがり帽子に、やや地味めな濃緑色のローブ。そしていかにも魔法使いのような、大ぶりの杖。

「おお、良くお似合いですね。でも無銘(むめい)天使はどうしたんです？」

「ちゃんと杖(ロッド)に仕込んでるよぅ」

くるくるとアリアドネが杖を得意げに回した。

「フフフ。私も見るがいい」

がしゃり、と重厚な音を立てて現れたのは蒼。普段(ふだん)の軽装なボディスーツではなく、白銀色の部分鎧(パーツアーマー)を身に纏(まと)っていた。動きを殺さず、けれど防御(ぼうぎょ)は頑丈(がんじょう)に、そして無骨さよりも華麗(エレガント)さを重要視した。

「おお、カッコいい……」

「うん。まさしく理想の私。聖なる騎士(パラディン)・蒼だ」

ぱちぱちぱちぱちぱち、と響とアリアドネが拍手(はくしゅ)する。彼女の無銘天使(ぶき)である〈天星狼(ライラプス)〉はそのままだが、鎧のせいもあってまさに敵の攻撃(こうげき)を受け止め、そして猛烈(もうれつ)な反撃を叩(たた)き込む騎士(きし)の如(ごと)き威風(いふう)だった。

「ひびきんは盗賊(とうぞく)ぅ？」

「スカウトと言ってください、斥候と書いてスカウトとルビ振(ふ)りです。そこんとこヨロシクです」

「そんなことはどうでもいい。それより時崎狂三、時崎狂三はどういう感じ？」

「あ、はい。幾つかコスチュームを選んでみましたが――」

「お待たせいたしましたわ」

狂三の瀟洒な声と共に、更衣室のカーテンが引かれた。

「キャー！　素敵！　えっち！　さすが狂三さん」

「ええ、ええ。ありがとうございます、響さん」

狂三は満面の笑み。狂三が身につけているのは金属製のブラジャー、金属製のパンツ。分かりやすく言うと、俗にビキニアーマーと呼称される代物であった。ほぼ全裸に近い状態のコスチュームは、狂三の肢体を何とも蠱惑的に見せている。真っ白い肌、形のよいへそ、弛みなどないが過度に固くもなさそうな太腿。

見せていたが、それはそれとして腹が立つのでとりあえず狂三は撃つことにした。

「ギャー！　でも眼福ぅぅ！　最高ゥ！」

どさりと崩れ落ちる響を横目に、狂三は咳払いを一つ。

「まあ、わたくしなのであまり恥ずかしくはありませんが。ありませんが、それはそれとしてこの衣装はさすがに蠱惑的すぎるので、別のものにいたしますわ」

狂三は次の衣装に取りかかった。

「それなら、このビキニアーマーは私がつけることにしよう」

「……あおっち？」

「これで時崎狂三を悩殺してみる」

「……まあ、がんばれ」

◇

続いての衣装は占い師。体のラインが強調されるような薄い服に口元にはベール、水晶玉の代わりに〈刻々帝〉を持っているせいで占い師と呼ぶには些か物騒なのが欠点だが。

「えっち！」

響は感動にむせび泣きつつ、そう叫んだ。

「ですわね。けど、なんだかヒラヒラして歩きにくいですし。次の衣装です」

◇

三番目の衣装は小悪魔的なものだった。猫の耳のように尖った帽子、そして薄手のボンデージスーツにミニスカート。アクセサリとして尻尾と羽根もつけている。

「なかなかになかなかの、えっちっちですね……」

ふんふん、と響が鼻血をティッシュで押さえつつアホなことを言っていた。

◇

「……という訳で。まあ、この辺りが妥当なところでしょう」

最終的に、狂三は暗黒剣士ならぬ暗黒銃士とでも呼ぶべきスタイルになった。漆黒の小手、赤と黒に色分けされた板金鎧は部分部分を防御しつつ、狂三の洗練された美しさを損なわないように仕立て上げられている。

いい仕事ができた、とは彼女の霊装を加工した鍛冶屋のコメントである。

「かわいい！　えっち！」

「これだけ露出度が低い衣装なのに、どこがエッチですの……？」

「え、いや狂三さんって基本えっちぃし……いだだだだっ！」

人を何だと思っているのだろう、この準精霊は。狂三は心の中で、まったく……とため息をつく。

「……時崎狂三……やはり我が最高のライバル……」

そしてアリアドネの背後で、蒼が一人悔しがっていた。

「ファンタジーらしさからは少々ズレますけれど。でも、この格好で銃使いというのも悪くはありませんわね」

くつくつと狂三は笑った。

「でもわたしとしては、時々ビキニアーマーになるくらいがいいのではないかなと」

「響さんは自重すべきですわ、主に人生を」

響が『これは名案』という感じでドヤ顔をしていたので、狂三はとりあえず頬をつねっておいた。しばらくは大人しくなるだろう。

その後、雑貨屋に立ち寄って食料やロープなどの必需品を幾つか購入。一行は目的地である第五ダンジョン〝エロヒム・ギボール〟へと向かう。


「ええと……ところで響さん、質問が一つ」

「？　はいはい、何でしょう狂三さん」

「………だんじょんとは、一体何ですの？」

ぴたり。さすがの響も足を止め、唖然とした表情で狂三を振り返った。

「も、もしかしてご存知なかったのですか？」

「ええ、さっぱり。どこかの建物の名前でしょうか、とは思ったのですが……」

「ダンジョンというのは……そうですね、分かりやすく言うと地下迷宮です。ギリシャ神話でクレタ島のミノタウロスがいたラビリンスとか、ご存知ですか？」

「ああ、なるほど……」

狂三はファンタジーは知らないが、ギリシャ神話ならば知っている。

「第五ダンジョンは第五領域（ゲブラー）において、もっとも広大かつもっとも危険なダンジョン。ワンダリングモンスターは山のように現れ、第三領域（ビナー）の門（ゲート）までの道を塞（ふさ）いでいる」

「第三領域（ビナー）の門（ゲート）が、第五ダンジョンにあるということでして？」

「うん。それで問題は、その第三領域（ビナー）の門（ゲート）の近くに転送陣（テレポーター）が設置されていること。女王の軍勢はそれを使って第五領域（ゲブラー）の地上に送り込まれている」

「はて？　それなら、地上の転送陣とやらを抑（おさ）えればいいんじゃないですか？」

響の言葉に、蒼は首を横に振った。

「地上側の転送陣は幾つ潰（つぶ）しても、すぐに新しいものが構築される。数も多い。元を絶たなければ、いつまで経（た）っても同じことの繰（く）り返し」

「なるほど」

エンプティたちの軍勢は第三領域（ビナー）の門（ゲート）から第五領域（ゲブラー）に侵入（しんにゅう）すると、ダンジョンの最下層にある転送陣を使用し、領域地上に複数存在する転送陣のどれかに転送される。

地上の転送陣全てを潰しても、新しい転送陣を作られればそれでやり直し。

故に、第三領域の門とその傍にある転送陣、両方を破壊しなければならない。

「……とは言え、私以外の三人はこの第五領域の法則に慣れていないはず。ダンジョンに潜りながら、少しずつレベルを上げていくより他ないだろう」

「蒼さん、レベルってそんなに重要ですの？」

「もちろん。いくら時崎狂三が強くとも第五領域ではレベルが重要。レベルが上がれば色々なスキルが身につくし、ジョブの熟練度も上がる。この第五領域において、それは力を集めるための有用な手段となり得る」

「……んんー？　それってどういうことぅ？」

「第九領域でS級アイドルが声援で霊力を集めていたように、この世界ではモンスターを倒して倒して倒しまくって、レベルを向上させることが重要」

ああ、と響はようやく得心がいった。

「本当にファンタジー世界なんですねえ」

「……よく分かりませんが、ともかくモンスターを倒せばよろしいんですの？」

「そういう認識で間違いない。さあ、皆で冒険の旅に出発だ」

蒼は右腕を掲げ、淡々とした口調でそう言った。本人的には、これでも胸弾み心躍っているらしい。

「冒険……」

狂三はぼんやりと、その言葉を口にする。今までも冒険の旅であったことは間違いないが、これまでの旅とは違って少しだけ鼓動が弾む。

響のようにファンタジー世界に詳しくはないが、それでもやはり胸がときめくものがある。勇敢なヒーロー、囚われのヒロイン、悪逆の魔王、子供のように幼稚で、けれど誰もが夢見る英雄譚。

……もっとも。狂三は囚われのヒロインなどになるつもりはない。

かと言って勇敢なヒーローもあまり似合わなそうだ。で、あれば。残るは魔王。

あらゆる悪逆を尽くしても、目的のために一途に向かう。

そんな魔王に、狂三はなりたいと思った。

「どうしました？」

「いえいえ、何でもありませんわ」

とりあえず、響には黙っていよう……多分間違いなく、からかわれると思うので。

狂三たちは大通りをしばらく歩き、外壁の囲みから抜け出た。蒼の先導で、そのまま北方に広がる森へと向かう。

森の入り口には小さなログハウス。そして警備と思しき少女たちがいた。彼女たちは蒼の姿を認めると、慌てて敬礼した。

「お疲れ様です！」「お疲れ様です！」

「ん」

蒼はその呼びかけに応じて、一言告げる。

「篝卦ハラカ直弟子の蒼蒼。第五ダンジョンの攻略に向かう」

「は、了解しました。お連れの方々は……大丈夫ですか？」

「問題ない。一人駄目っ子がいるけど、この三人ならフォローできるだろう」

「はい蒼さん、駄目っ子とはわたしのことでしょうか」

響が手を掲げると、蒼はこくんと頷いた。

「遊び人だし……」「レベル低いし……」

蒼とアリアドネの指摘に、響はうぐぐぐと歯ぎしりしつつ狂三の袖をくいくいと引いた。

「狂三さん、狂三さん。何とか言ってやってください。何とか！　わたしの美点とか！　長所とか！　役に立つところとか！」

こほん、と狂三は咳払いを一つ。にっこりと。

「響さんはとても賢く、とても勇気があり、とても図太く、とても生き汚く、とてもユーモラスですわ」

「褒められているようで微妙に褒められた気がしない！」

「素直に褒めましたのよ？」

本当に狂三は褒めたつもりである。響はこう、何と言うか……どういう状況に陥っても、ピンピン生きている気がするのだ。いつでも元気に騒々しく、そして狂三の傍にくっついて回ってくれる。

「……褒めましたのよ」

「むぅ、じゃあまあ、褒められたということで！」

響はころりと機嫌を直し、ケラケラと楽しそうに笑った。

「この第五ダンジョンには、既に一〇以上のパーティが潜入しています。……ですが。未だ帰還はおろか、念話で状況を知らせることすらありませんでした」

「……そう」

「念話？　スマホとかじゃ駄目なんですか？」

「ああ。この第五領域ではスマホは使用不可能。ファンタジー世界だし」

「そうかー、ファンタジー世界かー。じゃあしょうがないな……」

「戦闘をこなせば、念話をスキルとして身につけることができます」

「あ、もしかしてポイント制ですか？　戦闘で貯まる感じの」

「そうです」

響と準精霊のやりとりに首を傾げた狂三は、くいくいと響の服を引っ張った。

「響さん、ポイント制とは？」

「多分ですけど、モンスターを倒すと経験値……ポイントみたいなのが貯まります。それを使って、スキルを習得するタイプのファンタジー世界ではないかな、と」

「？　？　？」

狂三はこてんと首を傾げ、まったく分からないとアピールした。

「くっ、可愛い。いや違う。……多分、体感すればすぐに把握できると思いますよ」

「緋衣響に説明は任せる。私は理解していても伝えるのが難しいから。……よし、それでは出発しよう」

「いってらっしゃいませ」「ご武運を」

見張りの準精霊たちが、深々と頭を下げて一行を見送る。……帰還者ゼロ、念話による報告すら皆無。白の女王の配下であるエンプティたちが攻め込むようになってからは、探索がまったく進まなくなった暗黒の地下迷宮。

だが、ここを踏破しなければエンプティたちは第三領域から永遠に侵攻し続けるだろう。

第五領域の行く末は、まさしく彼女たちに掛かっているのだ。

準精霊たちは、ダンジョンへと向かう彼女たちの幸運を祈るしかない。

……だが。仮に幸運があったとしても、それを食い尽くすだけの怨念がこのダンジョンには籠もっているのだ。

響と蒼が並んで前へ、狂三とアリアドネがその後ろについた。

「あー、なるほどなるほど。転職するのに、ギルドや神殿を経由する必要はないんですね」

「そうそう。ステータスウィンドウから職業を選択してタップするだけ」

「そう言えばそうでしたね。では……ステータスオープン！　やった、ホントに開いた！」

響のはしゃぐ声。彼女の傍に、半透明の薄いウィンドウが現れていた。冒険者ギルドで閲覧した、彼女のスキルやジョブなどが同じように記載されている。

狂三は自分もステータスオープン、と言いかけて止めておくことにした。あの呪いのようなステータスをあまり見たくはない。

響は歩きつつ、

「えーとえーと。職業を【遊び人】から切り替えて……とりあえず【レンジャー】かなあ」

「【レンジャー】だと全体的に野外向け。ダンジョン探索で有利技能を得たいなら【シーカー】の方がいいかも」

「お、了解です。……職業選択かなり細かいですね……。とりあえず【シーカー】に転職して、自動取得するスキルと……選択で獲得できるスキルを選んで……。罠感知スキルは宝箱の罠も感知できます？」

「できる。人工的な罠だけじゃなく、例えばうっかりすると転んでしまいそうな地面の窪みとかも感知できるから、とりあえず取っておいた方がいい」

「了解でーす。とりあえず取得ー。……あ、なるほど。感知できてる風味」

「緋衣響は熟練度を今の内にどんどん上げて欲しい。私も持っているけど、戦いのときはなかなか気を遣えないので」

「はいはーい。響にお任せですよー」

ノリ良く響は自分の胸を叩いた。狂三はそっとアリアドネを肘で突っついた。

「あのぅ……今しがたの響さんと蒼さんのやりとり、どういうことですの？」

分からない、さっぱり分からない。

「うーん……実のところ、わたしもあまり上手く説明できないんだよねぇ……」

アリアドネもファンタジーに造詣が深い訳ではないので、ぼんやりとした意味合いしか理解できない。

むぅ、と狂三は難しい顔で唸る。何だか響に（よりによって響に）置いてけぼりにされたようで、面白くない。

「どうしました、狂三さん？」

「なーんーでーもーあーりーまーせーんーわー」

「ふぁんふぇふぃふぃふぃふぁふぃ⁉」

狂三はとりあえず響の頬を抓ることで、気を紛らわせることにした。

「……要するに。与えられたスキルは使えば使うほど、強くなるということです。蒼さんが【飛行】すればするほど習熟していく。より速く、より高くみたいに」

「あの、わたくしのスキルは……」

「狂三さんは……その……分かりません……。あれはちょっと……人の理解を超えた、冒瀆的で宇宙的根源的な何かというか……。どうすればスキルが上がるのか……というか、どうすればああいうスキルになるんでしょうか……」

「……むぅー……」

　何だか仲間はずれにされた気分である。

「ま、まあとにかくまずは戦ってみましょう。蒼さんの言葉が正しければ、ここは最高難度ダンジョン。レベルもスキルもガンガン上がるでしょう！」

「などと言っている内に、モンスターが現れた。皆、武器を構えて」

　蒼の言葉に、響は慌てて前を見た。確かに暗がりの奥に〝何か〟の気配がする。

「やっぱり最初の敵だから、ゴブリンとかですかね！」

　響の言葉に、蒼は訝しげに眉を顰めた。

「あれ？　何ですかその『何を言っているんだこの女』というツラ構えは」

「何を言っているんだこの緋衣響」

「ホントに言った!?　でもゴブリンが定番じゃないんですか？　それとも一足飛びでオークあたりですか！」

「ここは第五ダンジョン。最悪最狂のモンスターたちの生息地域。ゴブリンとかオークとか、そんなのは初級ダンジョンにしか出ない。ここで出てくるのは――」

　蒼が人差し指をダンジョンの奥へ向けると、指先に灯りが灯った。

「【光魔法】『ライトボール』」

　光球が飛び、辺りを照らし出す。響がぎゃあ、と凄い悲鳴を上げた。

「まず第一階層はグレーターデーモン。炎系と氷系と土系と風系と闇系に耐性があり、光系は反射する。物理耐性もあり、なぎ払いの毒爪攻撃は響なら一撃で死ぬし、わたしの場合は三撃くらいで瀕死に陥る」

「うわー、初心者なのにいきなり上級者向けダンジョンに放り込まれてるー」

「まずは私が前面に出るから、時崎狂三とアリアドネは援護を頼む！」

蒼が走り出そうとした瞬間、かちりと懐中時計が時を刻む音がした。

「へ？」「はい？」「む？」

三者三様の、きょとんとした声。

「〈刻々帝〉――【七の弾】」

凶悪かつ屈強な肉体の大悪魔グレーターデーモン。涎を垂らしつつ、凶悪な風貌で牙を剝き、今にも襲いかかろうとしていた超高ランクのモンスターは動きを停止した。

「モンスター相手でも、わたくしの【七の弾】は効果あり、と。後は射撃と射撃と射撃で終わりですわね」

そして狂三の凄絶な、そしてチート級の射撃にあっさりと消滅してしまったのである。

「……あの、狂三さん」

「何ですの？　モンスターなら倒しましたわよ」

「そうなんですが、その……もうちょっとこう、余韻とか……」

「余韻、必要ですの？」

「ほら、あそこで蒼さんがいじけてしまってます」

「時崎狂三に私の超カッコいい所を見せようと思ったのに……のに……」

ダンジョンの片隅で、蒼は指先でのの字を書いていた。

「それにしても……ファンタジー世界でも狂三さんの強さは変わりないってことですね」

響の言葉を聞いて、狂三は自慢げに髪を掻き上げた。

「っと。おお、凄い。わたし、ぼんやり見ていただけなのにレベルが6上がりましたよ！」

飛び上がって喜ぶ響が、自身のステータスを狂三に見せる。確かに彼女の言う通り、レベルが13から19に上がっていた。

他にもう一つ、『スキルポイント：6』という新たな表示も浮かんでいた。

「そして予想通り、スキルポイントを取得できました。蒼さーん、6ポイントありますけど、振り方はどうすればいいですかね」

「ふむふむ。やはり斥候らしく、【暗視】や【遠見】に振った方がいいだろう」

「戦闘系スキルはいりません？」

「いらない。このダンジョンだと、緋衣響は振るだけ無駄」

「うう、残酷。でも多分それ事実ですよねー……。しょうがない、いつも通り狂三さんに役立つ感じのスキルをゲットしておきますか」

「あら、それでいいんですの？」

響はファンタジー世界に造詣が深いらしい。なら、狂三のアシスタントのような役割をこなさずとも、彼女自身が英雄になりたいのではないか。

狂三の考えを見抜いたように、響は薄く微笑む。

「いえいえ、これはわたしが好きでやっていることなので。まったく問題はありません。えーと、そうですね……お、【メイド】なんてスキルもある。これ取っておこーっと」

「色々なスキルがあるのですね。ええと、わたくしは何かありますでしょうか……。あら、ゼロポイント？　わたくしは何もスキルが得られませんの？」

「時崎狂三はレベルがバグっているから、スキルポイントは得られないかも。熟練度は使えば高まるから、ガンガンモンスターを倒せばいい」

ガシャガシャと金属が擦れるような音がする。それをいち早く聞き取った響が告げた。

「狂三さん、新しい敵が来たみたいですよ！」

「おっと。ここは一つ、わたしに任せてもらおぅー」

アリアドネが一歩前に出る。

「折角だし、魔法も使ってみようか。ええと……まずは初級。『ファイアボール』！」

杖の先からぼっ、とバレーボール大の火球が生み出された。亜音速で撃ち出されたそれは、派手な音を立ててやってきた敵に直撃する。

ぼこり、と敵の頭部が砕け散っていた。

「えーと……今のはスケルトンですかね？」

「このダンジョンに出てくるスケルトンは、リッチかアシュラスケルトンの二択。今のは……多分リッチだったと思う」

蒼が呆れたように肩を竦めて言った。だった、と過去形にしたのは既にリッチは息絶えているからだ。頭部が吹き飛び、塵になって消えていく。

「アリアドネ・フォックスロット。伊達に支配者ではないのか」

「……蒼さん、リッチって初級魔法で死にます？」

「普通は死なない、リッチは全魔法に強い耐性がある。『ファイアボール』で死ぬ訳がないのだけど……何か秘密がありそう」

「んー……ま、秘密にしなくてもいいか。多分スキルに【全貫通：S】があるからだと思うよう」

アリアドネがそう言ってステータスをオープンした。彼女の言う通り、【全貫通】なるスキルがSランクで表記されている。

「うわ、いかにも超絶レアっぽいスキル。察するに、攻撃が何でもかんでも耐性を無視できるパターンですか」

「多分ねぇ」

「うん。この三人なら、第五ダンジョンを踏破できそうだ。でも、一つだけ」

蒼が珍しく、ニヤリと笑って言った。

「この第五ダンジョンは、全一〇階層。そして、一つ階層が深くなるとモンスターのランクも上がる。気をつけて、そして全力でダンジョンに挑もう」

その言葉に、狂三とアリアドネはこくりと頷いた。そして響は一人、青ざめていた。

「あのぅ……既に現時点で、わたしの対処できそうなレベルを超えているのですが……大丈夫ですかね……」

蒼がぽん、と肩を叩いて優しく囁いた。

「緋衣響。……遺書はある？」

「無いですよ頼むから皆さんわたしを全力で守ってくださいお願いします!!」

――第五ダンジョン〝エロヒム・ギボール〟第二階層。

一階層降りただけで、攻撃は凄まじく苛烈になった。まず、グレーターデーモンには、それぞれ色が付いた。

赤は炎、青は氷、緑は風、茶は土。それぞれ最上級魔法を自在に詠唱し、更には火傷・凍傷・切傷を含めた各種状態異常を通常攻撃に付与する。長期戦になればなるほどこちらが不利になる。

その上、第二階層からは戦闘音を聞きつけるモンスターが異常に多くなる。たとえ、ダンジョンの片隅で戦闘を開始しても、一〇分もすれば階層全てのモンスターがその戦闘音を聞きつけて、増援としてやってくる。

更には階層そのものにも仕掛けがあり、落とし穴や回転床や天井落としその他様々な悪辣なトラップが――。

「ほい」

「よいしょ」

「せいや」

時崎狂三とアリアドネ、そして蒼によって特に何の問題もなく解決に導かれていった。

「【暗視】と【遠見】がどんどん伸びていってる。その調子その調子」

蒼が褒めると、響は引き攣った顔で笑った。今、響が覗いていたのは一歩でも足を踏み入れたれば、即死する類いのトラップである。細く強靭な糸が無数に張り巡らされていて、勢いよく落ちればそのまま全身がバラバラだ。

「ま、お陰でこの暗闇の端から端まで見えますよ……段々自分が怖くなってきました……。あ、気になってたんですけど、この能力ってずっと使えるんですか？　気軽にこんなスキルを手に入れられるなら、第五領域の準精霊たちが強いのも分かりますけど」

「スキルは永遠に身につくものと、この第五領域を離脱した時点で消えてしまうものがある。私の【無銘天使習熟・ハルバード：S】は消えることはない。でも、例えばアリアドネが使う魔法は第五領域の幻想区画以外では使えない」

「うぅん残念。魔法使うの、結構面白くなってきたのにぃ」

アリアドネが残念そうに杖を振り回す。彼女は今や四大魔法（火・水・風・土）のスキルを極めるまでに至っていた。

「よろしいですか？　……第五領域に流れる霊力が乱れたり不毛だったりするの、もしかしてこれが原因なのでは？　だって、この魔法って明らかに霊力を使うものでしょう？」

狂三は先ほどから、ずっと不思議だったのだ。アリアドネが魔法を使う度に乱れる霊力。周囲にいる自分たちの空間から、何かを吸い込んでは吐き出しているような。

第九領域(イェソド)でも似たような感覚があった。そう、アイドルとして歌を歌って踊(おど)っていたとき、確かに観客から放たれる霊力が自分に吸い込まれるような感覚があった。

だが、こちらはそれよりずっと激しい。戦ってモンスターを倒す度に、大きく深呼吸するような気分。

これが霊力を吸収していることによるものだとすれば、第五領域(ゲブラー)の霊力が乱れまくったり不毛な土地になるのは道理だろう。

その言葉に蒼は瞠目(どうもく)し、しばらくしてぽんと手を叩(たた)いた。

「そうかも」

「……何やってんですか、第五領域(ゲブラー)の準精霊」

響がジト目でツッコんだ。実際には、異なる事情があるのだが、彼女たちは知るよしもない。

「でもさ、魔法は楽しいよねぇ。お陰でさっきから魔法スキルばっかりゲットしてるしぃ」

アリアドネは楽しそうに杖を振り回す。普段なら疲(つか)れた眠(ねむ)い寝(ね)る、となるはずのアリアドネはまだまだ元気そうだ。

一方、狂三は例の呪(のろ)いのようなステータス画面を見て唸(うな)っていた。

「どうしました？」

珍しく困ったような表情を浮かべ、狂三は響に助けを求める。

「ああ、わたくしもようやくスキルポイント？　が溜まったので使いたいのですが……。どうすればいいのでしょう？」

他の三人からは出遅れたものの、敵を倒している内に狂三もスキルに割り振るポイントを少しずつ得ていたらしい。すっかり慣れた響が狂三の肩越しにステータス画面を覗き込んで、操作の指示をする。

「お。狂三さんも遂にですか。ポイントのところをタッチしてみてください。獲得できるスキルが一覧表示されるはずです」

「こう……ですわね」

おずおず、という感じで狂三がステータス画面に触れる。

ぱっ、と表示が切り替わって狂三が獲得できるスキルが表示される。

「……アリアドネさんのような【火魔法】とか【光魔法】が見当たりませんわね……」

「獲得できるスキルは、あくまで本人の特性に沿ったもの。……つまりその、要するに時崎狂三には……」

蒼が言葉を濁す。つまり狂三には、その手の魔法を使用する特性がない、という訳だ。

「分かりましたわ……むぅ……」

「ここでお約束なら、『ヒャッヒャッヒャ、基本魔法も使えないなんてよぉ』って感じで狂三さんを馬鹿にする冒険者が現れるんですが……もし仮にそういう人がいたら、この世から消し飛ばされてますね……」

「消し飛ばしますわ、物理的に。響さん、お試しになる？」

「ヒャッヒャッヒャッ、勘弁してください！」

話が逸れた、と狂三は咳払いを一つ。改めて自身が獲得できるスキルを見た。幾つかあるスキルの中には、響たちが獲得したスキルも散見される。

「狂三さん、【暗視】とか取ります？　射撃がメインですし。……あれ？　でも、第二階層も真っ暗なのに、バンバン当ててますね」

「【暗視】……は、何故かわたくし、この暗闇でも結構見えているので問題ないですわ」

「んー……多分だけど、【生存】【殺意】【殺戮】あたりのスキルに統合されてるんじゃないかなぁ？」

アリアドネがひょいと狂三のステータス画面を覗き込んだ。

「あー、統合スキルですか！　その可能性高いなー」

「響さん、響さん、解説を……」

「わたしたちは【暗視】とか【遠見】みたいに、用途を細かく切り分けたスキルをちまちま獲得しなきゃいけないですけど、恐らく狂三さんは【殺戮】みたいに漠然としたスキルがそれを全て担ってくれているんじゃないかと」

「……要するに【暗視】を取る意味はない、ということですの？」

「恐らくは。役に立つ立たないより、狂三さんが面白いと思うスキルを取った方がいいかもですよ」

「ふむ。そういうことでしたら……でも……ううん……」

狂三は指をふらふらと彷徨わせている。

「意外に迷うタイプだったんですね、狂三さん……」

「だって、どれを取ればいいのか分からないのですもの……」

響は思い直した。狂三はアイドルのときと同じく、この手のジャンルに関しては不得手なのだ。で、あれば響が助言してあげなければ。

してあげる？　……少し優越感があるようだ、と響は自分で自分を笑う。優越感というよりは充実感か。

時崎狂三の役に立つ。それが、今の自分には何より嬉しい。聞く者が聞けば、これを献身と、あるいは依存と考えるかもしれない。

……だけど。それでも構わないと響は思う。依存であれ、狂信であれ、狂三の役に立つということが何より嬉しい。

離別も間近だというのに。

ますます、彼女という存在を大切に想う自分がいるのに気付く。

「響さん？」

「──あ、すいません。ええと、スキルですよね」

少しだけ、夢を見ていたような感覚。慌てて現実に精神を帰還させる。

「そうですね……あ、【闇魔法】とかどうですか？」

「……イメージ悪くありませんの？」

「それはまあ、そうですけど。でも、魔法に違いはありませんよ。それに、光より闇の方が、ダークでカッコよくないです？」

「響さん。自覚がないようですが、それは修羅の道ですわよ？」

狂三は珍しく、真剣に響を危ぶむような表情で告げた。

「ほえ？」

「よろしいですか。闇とか、包帯とか、眼帯とか、そういうものは得てして若い方々にとって刺激的な代物です。しかし、ええ、ですがだからと言ってそういうものに嵌まり込むとそこは底なしの沼ですわよ？　これはわたくしが個人的な感情を差し挟んでいるのではなく決して決してそのつもりなどなくですから光より闇とか間違っても他者に主張するのは差し控えた方がいいですわよ！」

一気にまくし立てた狂三。そしてそれを唖然と見守る一行。

「……失礼。取り乱しましたわ」

気まずい沈黙の中、とりあえず響が手を掲げる。

「あのー……それで【闇魔法】でよろしいでしょうか」

「そういたしますわ。これでわたくしも、魔法使いという訳ですわね」

「時崎狂三の格好から考えると、魔法剣……じゃなくて魔法銃士という方が正しいかも」

「いずれにせよ、魔法を使えることは確かなら、わたくしに異存はありません。……ええと、ここを押せばよろしいのですね」

おずおずと、【闇魔法】という表示に指で触れる。

『闇魔法を取得しますか？　YES／NO？』

狂三は少し躊躇ってから、おずおずとYESをタッチした。

途端、わずかに自分の周囲が乱れるような感覚があった。空気が掻き乱されるような、攪拌されているような。

「おめでとうございます、狂三さん！　これで狂三さんも闇魔法使いですよ。早速使ってみますか！」

「ええ。……えーと、どうすれば使えるんですの？」

「まだスキルランクはEなので、『ダークボール』しか使えませんね。闇の球体を使って攻撃する基本魔法です。丁度良く敵も来ましたし、やってみましょう！」

響がそっと狂三の背に手を添えた。

「まず、〈刻々帝〉は一旦しまってください。そうです。指先に霊力を集める感じですが……分かりますかね？」

「ええ、大丈夫ですわ」

狂三の指先から、野球ボール程度のサイズの球体が生み出された。球の色はダンジョンの暗い奥と見分けがつかないほど黒く、不思議な質感でできていた。

「で、それをボールを投げる要領というか……念動力で操って、向こうに飛ばす感じをイメージしてみてください」

「えーと、指先に力を集中……念じて……『ダークボール』と唱えて……えいっ」

狂三の指先から生まれた『ダークボール』が、新たにやってきたモンスター（二足歩行するサメ頭のモンスターだった）に襲いかかる。

『ＧＹＡＡＡＡ！』

「あら、死にませんわね」

「【闇魔法：E】だと仕方ないですね。それでもえらいブッ飛んだ威力(いりょく)でしたけど……」

今の魔法は、初級も初級。ゲームスタート時点での雑魚(ざこ)モンスターに通じる程度の破壊(はかい)力しかないはずだ。

なのに、直撃を受けたサメ頭はパニックになって右往左往している。どうやら、『ダークボール』の状態異常効果である『暗闇』が付与(ふよ)されたらしい。

「という訳で闇魔法をガンガン使いましょう。そうすればスキルも上がり、色んな魔法が身につきます。はい、そこ！　面倒(めんどう)だからって〈刻々帝(ザフキエル)〉で処理しない！」

『ダークボール』を連発してもなかなか死なないことに苛立(いらだ)った狂三は、とりあえず〈刻々帝(ザフキエル)〉を使ってサメの頭を吹(ふ)き飛ばそうとしていた。

響が狂三を押さえて、珍(めずら)しく叱(しか)る。

「魔法は一にも二にも使い続けることです。狂三さん、折角の才能なんですから伸(の)ばさないと損ですよ！」

「……分かりましたわ。ところで蒼さん、【闇魔法】は他にどんな魔法が使えますの？」

「最初の『ダークボール』以外は知らない。魔法にはあまり興味がなかったし。スキルが上がれば、自動的に取得できるからガンガン使えばいいと思う」

はあ、と狂三はため息をついた。

残り八階層。まだまだ先は長い。じっくりのんびり、スキルを伸ばす――少し性(しょう)に合わない。狂三はいつだって、全速力で走りたいのだ。

まして今は超(ちょう)に超がつくほどの危機的状況(じょうきょう)。白の女王(クイーン)が策謀(さくぼう)し、エンプティたちが第五領域(ゲブラー)を侵食(しんしょく)しているのだ。

全力で突(つ)っ走るべきであるのだけど。

「さ、狂三さん。ゆっくりゆっくり、一から一から！」

折角、魔法を覚えたのだから。少しだけ、じっくりとやるのもいいかもしれない。

楽しそうにする響を見ながら、狂三はそんなことを考えた。

◇

狂三は〈刻々帝(ザフキエル)〉を敢(あ)えて封印(ふういん)。アリアドネと共に、ひたすら【闇魔法】のスキルを上げることに留意した。

「Dランクに上がりましたわ。闇魔法が三つ増えましたわね。ええと、『ダークシールド』『ダークインフェクション』『グラビティ』……ですわ」

しかし、どのような効果なのかが分からない。なので狂三は続いて出てきたモンスターの膝を〈刻々帝〉で撃ち抜き、実験台にした。

「ひっどいですねホントに!!」

「安全のためですわ～」

「フッ……その情け容赦のなさ、さすが時崎狂三。我が永遠のライバル」

そして様々なモンスターが貴重な実験体になった結果、効果が判明。

『ダークシールド』……闇を硬質化して盾とする。光魔法以外の四大魔法に大きな耐性を持つが、光魔法には弱い。

『ダークインフェクション』……感染する状態異常『暗闇』を付与する。『暗闇』を付与された対象は回避率・命中率が大きく減少する。【闇魔法】スキルの上昇によって成功率と減少の度合いは高まっていく。

『グラビティ』……状態異常『加重』を付与する。『加重』を付与された対象は回避率・敏捷が減少し、小ダメージを負い続ける。

「うーん、いかにも【闇魔法】っぽい魔法ですね……。状態異常系が多いんでしょうか、やっぱり」

「ああ、いいですわね。そういうの。わたくしの銃弾も、その類いのものですし」

狂三は満足げに頷く。確かに闇魔法とやらは、自分の特性に合致していると思う。

それは陰険、あるいは陥穽と呼ばれるものかもしれないが。相手を弱めて、徹底的に叩きのめすことが、戦いには必要なのだから。

「『ダークボール』もスキル上昇によってパワーアップしましたね。複数の標的を纏めて撃てるようになってます」

「とはいえ、『ダークボール』より〈刻々帝〉の方が手っ取り早いような……」

「このままAランクまでいけば、『ダークボール』の破壊力の方が〈刻々帝〉を上回るかもですよ？」

「それはそれで複雑なのですけれど……」

さすがに自分の天使の方が強い、と思いたい狂三である。

「そう言えばぁ、くるみんの〈時喰みの城〉ってモンスターに効果あるのぅ？」

思い出したようにアリアドネが尋ねると、狂三は否定した。

「いいえ、実のところ最初に試してみましたが無理でしたわ。理論的には準精霊と同じく、時を喰むことができるはずですけれども。この領域の法則に抵触するのか、モンスターから霊力を奪うことはできませんでした」

「最初にちゃっかり試しているのが、狂三さんの狂三さんたる所以ですね……」

この人もといこの精霊、基本的に敵に対しては情け容赦の有無どころか障害物（道ばたに転がる石ころ）としか考えていない節がある、と響は密かに考えている。石ころなので、蹴り飛ばしても破壊してもドブに沈めても構わないというノリ。

「なるほど……スキル〈時喰みの城〉のランクが虚なのは、その辺も関係しているのかも。準精霊には効果あっても、モンスターに効果がないのだから」

「あれ？　そうすると〈刻々帝〉の回復ができなくないです？」

〈刻々帝〉は数字入りの弾丸を撃つ際に、霊力と共に時崎狂三の〝時間〟を消費する。そのため、あまり大量に撃ち続けると時間が空っぽになる。

時間が空……それは要するに、死ぬということだ。

「普通に〈刻々帝〉を撃つ分には支障ありませんが、【一の弾】や【七の弾】のような弾丸は撃つのを控えた方がいいかもしれませんわね」

消費した時間を回復させる方法はもちろんあるが、いずれにせよ長期間のダンジョン生活となる現状では、定期的な回復方法を確立させない限りは使用を控えた方が無難だろう。

いずれにせよ、スキルを上げるためにも。

狂三はもう少し【闇魔法】を極めねばならない。

「にしても『ダークボール』ってちょっとシンプルすぎますよね……【光魔法】も『ライトボール』だし」

「……？　分かりやすくていいのでは？」

「もう少しカッコいい呼び方がいいなあって思いませんか、蒼さん。例えば『ダークボール』なら……そうですね……『闇暗蒼球（ダークボール）』とか……」

「響さん『闇』と『暗』であんあんと読むことができますし蒼穹（そうきゅう）と蒼球を掛（か）けたと思うのですがあまり上手（うま）くはありませんわそんな名前で魔法を放てばいつか後悔（こうかい）いたしますわよいえいつかではなく即座（そくざ）に後悔しますどうかそれ以上その道に踏（ふ）み入るのはおやめなさいませ本当に」

「なんか怒濤（どとう）の勢いで流れるようにＤｉｓられた!?」

狂三は深く、深く知っている。分身体といえども、かつての懐（なつ）かしくも哀（かな）しい過去をよく覚えている。あの過（あやま）ちは二度と繰（く）り返すまい……多分……多分！

「さて、そろそろ第三階層だが……階段の手前にボスがいるはず」

「あー、ダンジョンのお約束ですね。フロアボス。やっぱり強いですか？」

「それなりに。ここのフロアボスは……ええと……何だったっけ……」

蒼が首をひねり出した。

「覚えておきましょうよこれから先大変なんですから！」

「分かってる。思い出した。第二階層のフロアボスはミノタウロス」

「ミノタウロスというと、頭が牛の……」

「そう。正確に言うと――トリプルヘッド・ミノタウロス」

「なるほど、三つの頭がある訳ですね」

「響さん、響さん。三つ頭があると、どうなりますの？」

うぐ、と響は言葉を喉に詰まらせた。確かに、三つ頭があるとどうなるのだろう。多分、普通のミノタウロスよりは強いのだろうが。

「……三倍賢い……とか……」

「それは強敵ですわね。では張り切って、本気で参りましょう」

ふと、響は嫌な予感がした。

ミノタウロス、というモンスターはファンタジーのゲームや小説などにおいて、強敵として扱われている。でも、この第二階層で狂三たちが苦労したことはほとんどない。

一般的に階層のボスというのは、当然雑魚モンスターより強い。

強いのだが、それはあくまでクリアできる範囲での強さだ。状態異常を複数持ってたり、色々な攻撃に耐性があったり、あるいは特殊な攻撃やフィールドを持ち込んできたり。

……トリプルヘッド・ミノタウロス。

このネーミングから、どんなモンスターかを想像するのは楽だ。多分、阿修羅像のように三つの頭を持っているのだろう。

そしてミノタウロス自体は何というか、基本的には斧を持った筋骨隆々のモンスターとして描かれることが多い。つまりは、体力筋力勝負の巨漢の怪物という訳だ。

負けることが怖いとか、そういうのではなく。ちぐはぐさが響には気になった。

予感的中。

「GYAAAAAAAAAAAAAAAAAAAA！」

「……」

「……」

「……」

「……あー……その……死にましたね……フッーに……」

響が気まずげに口を開く。

「えーと。まず突っ込んできたからくるみんの『ダークボール』とわたしの『ライトボール』で迎撃してぇ。クラクラきたところを蒼ちゃんが思いっきり殴り飛ばしてぇ、そしたら……頭が吹き飛んじゃったねぇ……」

「――だ、だけど。『私にはまだ頭が二つある』ってすぐに復活したし」

「それならということで頭に『ダークインフェクション』を当てたら、見事に右往左往して、すっ転びましたわね……」

「で、後は蒼さんが頭を二つ叩き潰して死にましたね……」

戦闘に要した時間、おおよそ一分。第二階層クリアである。

「――さあ、第二階層はクリア。第三階層への扉が開かれた。大丈夫、まだ絶対に強いモンスターがいるから……！」

蒼は三人を追い立てつつ、第三階層へと続く階段に向かう。狂三はため息をついて、ふとステータス画面を開いた。

「あ、スキルポイントがまた一つ手に入りましたわ。今度のスキルは――」

ぴたりと、狂三が足を止める。

「狂三さん、どうしました？」

振り返った響は、狂三が驚いた顔で自分のステータス画面を見ていたことに気付く。

「狂三さん？」

「どういたしましょう、響さん。……【時間魔法】って……絶対に取得しておいた方がいいものですわよね？」

時崎狂三の取得可能スキル一覧には、確かに【時間魔法】の表示があった。

「蒼さん。これは……」

「し、知らない。私が知っている魔法系統は全部で六つ。火・水・風・土・光・闇(やみ)。これで全部のはず……【時間魔法】なんてものがあったら、絶対に覚えているし時崎狂三に取得するよう勧(すす)めるはず」

「では、これは……わたくしだけの魔法、ということですわね？」

「そういうことになる」

「……………ふ、ふふっ」

（あ、ちょっと何か凄(すご)く嬉(うれ)しそう……）

「そういうことであれば、当然【時間魔法】を選びますわ。はいタッチ、と」

狂三は迷わず、【時間魔法】を取得した。

「で、で。どんな魔法が使えるようになりました？」

「ちょ、ちょっとお待ちなさいませ。今、チェックしてみますから。ええと……」

【時間魔法：E】……時間を操作する魔法を使用できる。Eランクは『【一の弾(アレフ)】』『【二の弾(ベート)】』『〈時喰みの城〉』

「……これ、わたくしの能力ですわね……」

「そう……ですよね。どういうことでしょう、これ。蒼さん、分かります？」

「…………………」

「あ、大丈夫です。蒼さんに聞いたのが少し間違(まちが)いっぽかった！」

蒼の頭から煙(けむり)が燻(くすぶ)り始めたのを見て、響は慌(あわ)てて制止した。

「……少しガッカリですけれど、これはこれで意味がある気がしますわ。これから【闇魔(ま)法(ほう)】と【時間魔法】を併用(へいよう)しつつ、スキルを上げていきたいと思います」

「ねぇ……第三階層に向かう前に休まない？　っていうか……眠(ねむ)ぅぃぃ……」

我慢(がまん)できない、とばかりにアリアドネが霊装(ドレス)を寝袋(ねぶくろ)に変化させて潜(もぐ)り込む。

「仕方ないか。……ここはボス戦専用の部屋だし、トリプルヘッド・ミノタウロスが再配置(リポップ)するのは私たちが部屋を出てから。逆に言うと、この部屋なら安全に休めるのだし」

蒼は自身の〈天星狼(ライラプス)〉を石畳(いしだたみ)の床(ゆか)に放り投げると、ごろりと横になった。

「じゃあ、わたしたちもひとまず休憩(きゅうけい)しましょうか。お茶でも淹(い)れます？」

「ああ、【メイド】ですものね。でも、結構ですわ」

「えー、どうしてですか？」

「響さん、一番疲れているでしょう？」

「……ぐえ。分かります？」

「分かりますわよ、そのくらい。口数はそのままなのに、顔色は悪くなっていますし。あと、歩き方がゾンビのようですわ」

「ひどい形容の仕方ですよぅ……でもまあ、ちょっと本当なので大人しく座ります」

「傷ではなくて、純粋な疲労となると【四の弾】では回復できませんわね。大人しくお座りになってくださいまし」

「そうしまーす。【メイド】スキルで敷物を敷いてっと」

響がどこからともなく取り出した敷物を広げた。どうやら【メイド】スキルによる特技らしい。

「……意外に便利ですわね、【メイド】」

狂三もほっと安堵の息をついて、敷物の上に座った。

「こちら紅茶です」

「休んでください、と言ったつもりですけれど？」

「いえいえ、これで限界なので。遠慮なく倒れまーす」

狂三が紅茶を受け取ると、響は宣言通り倒れ込んで目を閉じた。微かな寝息——疲労困憊だったのだろう。

紅茶を飲む——意外に美味しい、と狂三は目を見開く。

「時崎狂三」

「あら。起きていましたのね。眠らなくてよろしいんですの？」

寝転がった蒼は、目を開いていた。

「ん。どこでもいつでも眠れるし、横になっているだけで問題ない」

「鍛え方……ということですか？」

「そんなところ。……このダンジョン、面白い？」

蒼の問い掛けに、狂三はんーと難しい表情を浮かべた。

「面白いか面白くないかは、まだハッキリしませんわね。何だかんだで命懸けですし。でもまあ、退屈とかつらい……訳ではありませんわ」

「それならいい。消えた支配者も浮かばれる……消えたら浮かばれる訳ではないのかな？」

「それはお答えできない問題ですわね」

「私たちが生まれた……あるいはやってきた時には、既にこの第五領域はこうなっていた。それ以前のこの領域は割と平和だったのに、『何でこんなことするんだ』って非難轟々だったとか」

「まあ……白の女王がいない時代ですものね」

「そう。モンスターが出て、怪我をしたりする準精霊もいた。支配者はこの領域をファンタジーにするために、自分の命を使い果たしたから……怒る対象もいなかった」

「その方のお名前は？」

「伝わってないい。本人が『私の名前なんてどうでもいいの。隣界にこんな楽しく面白おかしい世界を広めるために私はやってきたの。それで消えても悔いはなし』って言ってのけたって師匠から聞いてる」

「まあ……」

「『命短し冒険せよ乙女』がスローガンだったとか。で、しばらくぶつくさ言ってた住人たちも、ようやく気付いた。この冒険が生きる糧になっているんだって」

その言葉に狂三はああ、と静かに息をついた。

隣界に住む準精霊たちは、生きる目的がなければ生きていけない。かつて第九領域で、気力を失って消えていく空っぽ娘を見た。第八領域でも、別の理由で消えていく少女を見た。

あの光景を忘れた訳ではなかったが、周囲の皆があまりに力強く生きているせいか、このことを忘れがちだ。

この世界は現実のそれではなく。

物理法則も何もかもが異なる世界。

「……異世界と言っても過言ではありませんわね」

「先代支配者はこう言っていたそうだ。『何言ってんのよ異世界よ異世界。ここが隣界と呼ばれる場所であれ、魂の行き着く先であれ、あたしたちの世界とは全然違うし、不可能だったことが可能になるの。だったら──好きにやりたいし、好きにする！』」

「なかなか面白い方でしたのね」

しんみりと、狂三はそう呟いた。

「第一〇領域では殺し合う、第九領域では歌い踊る、第八領域では競い合う、第七領域ではギャンブルをする……各領域で、それぞれが生きる術を求めた。第五領域では……冒険をする、が存在理由になる。刺激的、殺伐として、危険もあって……でも、心から楽しいと言えるもの」

「蒼さん、もしかしてですけれど。何か仰りたいことがあるのでは？」

その言葉に、蒼は静かに身を起こした。

「時崎狂三。どうしても、現実に帰りたいの？」

「…………」

沈黙。それは狂三に親しい者ほど触れにくい、ある意味で禁忌の問い掛けだった。

「……もちろん、あなたが帰りたい理由は知っている。でも、それがダメだったときのことも考えて欲しい。私はあなたが好き。皆もあなたのことは嫌いではない。……まあ、ちょっと怖いけど」

「ちょっと怖いは余計ですわよー？」

「万人の意見。何ならアンケート取ってみる？」

「遠慮いたしますわ」

「でも、どう？　隣界だって、いいところでしょう？」

蒼の問い掛けに狂三はしばし沈黙。無下に断るのは簡単だし狂三の信条を考えれば当然だ。今までの自分であれば、もっと言うと、旅をする前の自分であれば、あっさりとそう告げていただろう。

「……そうですわね。わたくしの知る彼方の世界は、過酷な状態です。わたくしの周りは敵と敵と敵。わたくしたちは死ぬために生まれ、そして戦っているのです。そういう意味では、帰るというのは死を意味することかもしれませんわね」

「……それなら」

「でも。わたくしの帰る理由がただ一つあり、それは隣界にないものなのですわ」

隣界には〝あの方〟がいない。

彼方の世界には〝あの方〟がいる。

それだけで、挑戦しない理由も旅立たない理由もない。

「了解。でも、気が変わったならいつでも言って。あと、旅立つ前に私と一勝負するのも忘れないで」

「……いずれ考えておきますわー」

上の空の狂三は、何とはなしにそう答えた。

「やった。遂に戦える。今度こそ決着だ」

蒼の顔が喜びにほころぶ。何とはなしに答えた狂三は少し後悔したが、彼女が勝負を切望するなら、いつか戦うべきだろうと思い直す。

「そうですわね、このダンジョンを踏破してクエストを成功させた後なら——戦って差し上げてもよろしくてよ」

「うん、私はそれで一向に問題ない」

「……でも、全力の殺し合いは無理ですわよ」

「そう？　私はそれでも構わないかなって思うんだけど……ま、それなら殺さない方向で。

でも、事故はあるよね？」

「なるべくなら無くしたいものですわ。……わたくし、こう見えて蒼さんのこと少しは気に入っていますのよ？」

狂三の言葉に、蒼はぽかんと口を開けた。そうして、見る見る内に頰を赤らめる。

「……そ、そっか。……驚いた……。よく分からないけど、なんかいい気分」

蒼はじたばたと足をばたつかせた後、電池が切れたように横に転がった。

目を閉じる様は、恍惚として呆けているようにも見える。

「……恥ずかしいから。ちょっと寝る」

か細い声。今までのイメージを覆すような。

「ええ、おやすみなさいまし」

不思議と、自分の声色が優しいものになっていることに狂三は気付いた。一度は殺し合った仲なのに、何とも奇妙である。

「……甘くなっていますわね、わたくし」

そんなことを狂三は呟く。彼方の世界では、ほとんどが敵だった。世界には敵か、いずれ敵になる人間しかおらず、自分の味方は自分たちだけに思えた。

それが今は、こうして穏やかに話し合える余裕すらある。もちろん、白の女王がいる以上、安穏としていられないのは確かだ。

確か、なのだけど。

それでも一瞬、刹那、ほんのわずかな隙間みたいな時間。

あまりに尊く、あまりに愛おしい瞬間が、今ここにあった。

「――――」

そして、一人。息を押し殺して、今しがたの会話を耳にしていた者がいた。

（……狂三さん）

響は知っている。名前も知らない少年の後を追い続けている狂三のひたむきさを、良く知っている。だから、いつか来る離別は覚悟していた。

でも、そこに蜘蛛の糸が垂らされてしまった。

狂三が行こうとしている彼方の世界は、とても過酷なのだという。

死ぬかもしれないのだという。

敵しかいないのだという。

それなら――いいじゃないか、と響は思う。白の女王を倒して、狂三と仲良くいつまでも平和に暮らす。

そんな未来があったとしても、いいじゃないか。

だって、時崎狂三は凄(すご)い人だ。自分を救ってくれた、大恩人だ。そんな彼女が、みすみす死にに行くために彼方の世界へ戻(もど)るなんて、とても馬鹿(ばか)げている。

響が知る狂三は彼女にかつて言った。

「わたくしは分身体なのです」

本物の時崎狂三が【八の弾(ヘット)】で生み出したもう一人の自分。諜報(ちょうほう)も、暗殺も、捜査(そうさ)も、潜入(せんにゅう)も、何もかもをこなすための、とても便利なただの駒。

――死にに行くために、向こうに行くんですか？

――それでいいんですか、狂三さんは？

そう問い掛けたかったが、できなかった。もし、それでもいいと答えられれば……死んでも狂三を引き留めてしまう自分が想像できたからだ。

――あの人。

狂三の絶対に触れられたくないであろう、最も繊細(せんさい)な部分。

響は彼についても努めて考えまいとしていたが、今日初めて考えた。

――あの人のことを狂三さんが好きなのはいい。でも、あの人は狂三さんのことを好きなのだろうか。もし違うのであれば。もし、そうでないのなら。

良くない考えばかり、思い浮かぶ。

でも、それも仕方がなかった。目を逸らしていた希望を、蒼が突然見せてくれたのだ。

時崎狂三が、これから先も響と一緒であるという未来を。

それは響にとっては、悪魔の誘惑にも等しかった。

——一方、その頃。第二領域にて。

シスタスは初めて見る第二領域の異形さに、ぽかんと口を開けていた。

第三領域の元支配者、キャルト・ア・ジュエーが苦笑する。

「驚いたよね。ボクも噂では聞いていたけど、これほどとは……」

「私の領域は秘密主義で閉鎖主義だから」

『ビックリ仰天でござる！』『ここ、ウチらと相性悪いッス！』『いや、むしろ逆でいいと思うがいい！』『どちらにせよ、隠れる場所には事欠かないでくださーい！』

キャルトの率いるトランプたちも、わちゃわちゃと興奮している。

　書物、だった。

上も、下も、左も、右も、天も、全てが書物で覆われていた。唯一本がないのは、床くらいのもの。ところが床は床で、何やら文字が彫(ほ)り込まれている。

「私の第二領域(コクマー)は本と知識の世界。森羅万象(しんらばんしょう)を網羅(もうら)し、彼方の世界と隣界を橋渡(はしわた)しする役割。準精霊(せいれい)たちの統治系統を確立させたのも、我々」

第二領域(コクマー)の支配者(ドミニオン)、雪城真夜(ゆきしろまや)が胸を反らした。どうやら威張(いば)っているらしい。

「どういうことですの？」

シスタス——隣界の時崎狂三が生み出した分身体、狂三と異なる名を持った少女の問い掛(か)けに、真夜は言う。

「準精霊はかつて、ここにいるだけの存在だった。時折訪れる精霊に怯(おび)えて逃(に)げ惑(まど)い、そして空(エンプティ)っぽになって消えるだけの存在。でも、この領域の支配者(ドミニオン)が気付いた。準精霊が生き残る術……生きる理由を持つ者こそが、この領域で生き延びられる、ということに」

この隣界は魂(たましい)のみが実存を許される。そして放っておくと、隣界に空気のように充満(じゅうまん)する霊力という巨大(きょだい)な流れに魂は呑(の)み込まれてしまう。

そうしないためには、この隣界に〝自己〟という楔(くさび)を打ち付ける必要がある。

「例えるなら、隣界は流れの絶えない川のようなもの。川底に杭(くい)を打ち付けて、そこにしがみついていないと……いつか、流れに呑み込まれてしまう」

「そのことを、あなたが発見したんですの？」

「私ではなく、先代の支配者が。彼女は私たちに知りうる全てを伝え、同時に第一領域以外の全領域にその知識を広めることを伝達した」

そうして、隣界にはいつしか精霊がいなくなり——準精霊たちは、ようやく安寧を取り戻したのだ。

「我々の生きる楔は知識欲。本を読み続ける限り、新しい知識を仕入れる限りは消えることはない。お陰で長寿の準精霊が多い」

「ところで……他の準精霊はいないのかい？」

「この部屋には第二領域の支配者……私と私が許した者のみが立ち入りを許される。他の準精霊は別の場所で、変わらず仕事を続けている」

第二領域の準精霊の仕事は二つ。一つは第二領域が仕入れた蔵書を読み、分析し、知識を得る。もう一つは各領域に派遣され、書物を確保すると共に領域を支配統治するために助言を与えるというもの。

故に。第二領域の準精霊たちは基幹となる部分は学者や研究員寄りでありつつも、戦闘能力に秀でることを求められる。

そんな彼女たちは今、各領域に散って白の女王の軍への対抗策を練っている。

「守りがこんなに薄くていいのかい？」

　キャルトの問い掛けに、真夜は首を横に振る。

「良くはない……が、もし私たちが守りを固めれば第二領域に例のアレがあると気付かれるかもしれない。そうなったら、一転してこちらが不利になる。厳重すぎても、警戒しなさすぎてもダメ。ちなみに白の女王は既に十五度、こちらへ侵攻している」

「大丈夫なの？」

「今のところは、多分。でも、向こうとしても大本命だったであろう第六領域。そこの支配者だった宮藤央珂が取り込まれた以上、情報は把握されていると考えないと。……つまり残るは第五領域、第四領域、第二領域。第一領域は例外だろうから、もうかなり絞り込まれている」

　真夜の表情は少しだけ青ざめていた。

　第七領域で聞いた話が正しければ、隣界の崩壊も間近に迫っている。

「第五領域で『わたくし』が白の女王の軍を撃退しなければ……」

「残るは二択。……いや、恐らく女王はこの領域が怪しいと見当をつけているはずだ。だから、何としても。第五領域で時崎狂三が勝たなければならない」

　しん、と静寂が周囲を支配した。

「今頃、狂三様はどうしているだろう？」

キャルトがぽつりと呟く。真夜は敬意と畏怖を帯びた顔で淡々と呟く。

「第五領域のダンジョンに突入しているだろう。女王を第三領域に撤退させるために、死力を尽くしているに違いない」

「……何となくですけれど。あの『わたくし』は割と呑気に過ごしていると思いますわよ。雪城さんにお話を伺った限りでは、ファンタジー世界のようですし。楽しんで魔法とか使っているのではないかと」

「シスタス。狂三様の分身体と聞いているが、その考えは少々浅はかだな。狂三様は隣界の現状を憂い、まっしぐらに白の女王の軍を撃滅させているに違いない」

「……そーゆーことにしておきますわー」

いや、多分間違いなくダンジョン潜りを楽しんでいると思う、と口には出せないシスタスであった。

○そして深く潜(もぐ)る

滅茶苦茶楽しい。

狂三(くるみ)はそう思いつつステップも軽く、真っ直(す)ぐモンスターを指差した。スキルは【闇魔(やみま)法(ほう)：B】【時間魔法：C】に到達(とうたつ)。『ダークボール』は【形状変化】スキルを組み合わせることで、ボール以外の形も取れるようになり、汎用性(はんようせい)が一気に広がった。

「『ダークボール』」

詠唱(えいしょう)と同時にまずは『ダークボール』の形を針状(ニードル)に変化させる。それが筋骨隆々(りゅうりゅう)のハイブリッドオーガ（褐色(かっしょく)の肌(はだ)で鎧(よろい)と盾(たて)と剣(けん)を身につけた巨大(きょだい)な鬼(おに)）の胸板(むないた)に突(つ)き刺(さ)さった。

半ばまで針が埋(う)め込まれたのを確認してから——。

「『形状変化・棘(とげ)』」

その針を毬栗(イガグリ)状に変化させる。心臓をズタズタに切り刻まれたモンスターは、大半がダメージを受ける。

「むぅ、さすがに最高難度ダンジョンの第四階層なら、この程度では死にませんか」

「【敵対者鑑定(かんてい)】……心臓が三つある。残り二つを潰(つぶ)さないと」

蒼が踏み込み、心臓の残り二つを狙って超重ハルバード――〈天星狼〉を振り回す。

立ち直ったハイブリッドオーガはどうにか盾で防いだ。しかし、盾は見事にひしゃげてハイブリッドオーガが倒れる。

「では、もう一度【形状変化】っと」

狂三が『ダークボール』を針金のように細くして、鬼の耳の穴にねじ込んだ。ギッ、と奇怪な悲鳴を上げて、巨大な鬼が倒れる。

「どうやら脳は一つしかなかったみたいですわね」

「うわー……どんどん戦い方がエゲつなくなってるぅ……」

隠れていた響がひょっこりと顔を出した。響も既にレベルは七〇台に到達しているのだが、それでもこのダンジョンはあまりに厳しく、結局遊び人に職業を戻していた。遊び人は特性としてスキル【ヘイトエスケープ】を強化させることができ、響はそれをSランクにしていないと、一撃で死ぬのである。

しかも、このスキルを発動していても全体攻撃などで死ぬ可能性が残っているので、それを潰すために斥候のスキル【雲隠れ】を取得。戦闘の度に逃げて隠れてのチキン戦法である。

「第三階層までは楽勝でしたが、第四になると少し苦戦しますわね……」

「まあ、こちらのスキルもどんどんカンストしていってるしねぇ……あ、【火魔法：S】。これで四大魔法はオールS、あとは【光魔法】だけかあ」

「早いですわね……」

「四大魔法スキルは割と早い段階で極められるっぽい。重要なのは、付属させるスキルだし。【範囲指定】【敵味方自動識別】はもう少し育てたいなー」

「【形状変化】はいりませんの？　便利ですわよ」

「んー……火も水も風も、そんなに形状変化が必要ないんだよね。難易度が可変する上に、結局のところ効果はあまり変わらないし。土系なら形状変化で色々できるけど、そっちで代用できるよねぇ？」

「確かにそうですわね。わたくしは【範囲指定】か【敵味方自動識別】、どちらかを取ろうと思うのですが……響さん？」

　狂三は響に助言を求める。狂三は戦闘に慣れている（慣れている、などという言葉では片付けられないかもしれない）が、ゲーム的な知識は欠落している。響は戦闘でこそ貢献できないが、その知識は大いに活用されていた。

「んー、このどちらかなら……【敵味方自動識別】ですかね」

「【範囲指定】で攻撃系の魔法範囲を広げてもいいのでは？」

「ここから先は一撃で決められないモンスターが出てくる以上、蒼さんが突貫しますよね？　で、その時に【闇魔法】で支援する訳ですけど。【闇魔法】って状態異常が多いから、蒼さんが巻き込まれるとヤバいんですよ。一瞬で戦線崩壊しますし」

「うん。私が暗闇とか混乱に巻き込まれたりすると最悪だ。うっかり全体範囲物理攻撃を使用して、全員が巻き込まれる恐れがある」

響と蒼の言葉をもっともだ、と理解した狂三は【敵味方自動識別】を選択。

「こちら、スキルを上げないと失敗いたしますの？」

「あ、失敗はしないです。敵味方を識別する際にダメージが減少しますが、スキルを高めることにより、その減少率が下がっていくので」

これで狂三はまた一層強くなった。【時間魔法】のスキルも伸びたことで、通常使用可能だった弾丸は全て問題なく使用可能になっている。更に〈時喰みの城〉が一部モンスターにも使えるようになったことで、攻守共に万全である。

蒼、アリアドネもそれぞれ得意分野を伸ばし、苦手分野を克服することで、更なる飛翔を見せていた。

唯一、響だけがとにかく安全第一でスキルを構築したために、戦闘面においては基本、役立たずに留まっている。彼女に可能なのは斥候だったが、それも蒼が敵探知系統のスキルを獲得したことで用を為さなくなった。

「ひびきーん、【取得物鑑定】お願いぃ」

「はーい。楽しい楽しいドロップ鑑定のお時間でーす♪」

という訳で響はヘイトコントロールが容易な遊び人を主軸にしたまま、戦闘以外で役立つスキルを取得していった。スキルポイントに必要なレベル上げは、仲間に加わっているだけで自動的に経験値を獲得できるのが幸いした。

「ハイブリッドオーガのドロップ品は～♪　生き肝、生皮、鬼の角～♪　あ、あと武器は武器破壊で価値が九割減ですけどいります？」

嬉々とした様子で、響はオーガを解体していく。もっとも、その解体はいかにもゲーム的な代物で、解体を宣言するだけでポン、と死体がドロップ品に化ける親切設計である。

ちなみにドロップ品は各階層に最低でも一つあるセーフゾーンの自動販売機にて売却可能。セーフゾーンでは他にも、素材に応じて薬品調合や武器防具の加工など様々なツールが使用可能だ。もっとも、狂三たちはあまり活用できていないが。

「いりませんわ。あと、生き肝ではありませんわよ」

「じゃあ死に肝かあ……」

「肝と生皮は売るか薬の調合に使うしかない。『鬼の角（黄金級）』は無銘天使の物理攻撃強化に使えるから……私が使いたいのだが、いいだろうか？」

　全員、特に異論はない。蒼の攻撃はこのパーティの要だ。

「……あ。そういえば、ふと思ったのですけれど」

「何？」

「その鬼の角で強化した効果は、第五領域（ゲブラー）を出れば消えてしまうものでして？」

　例えば魔法関係のスキルは第五領域（ゲブラー）から離脱（りだつ）すると、使用できない。【暗視】なども第五領域（ゲブラー）から離（はな）れれば効果が消えてしまう。

　だが、肉体的なもの——響なら【麻雀（マージャン）】【プロデュース】あたりは、第五領域（ゲブラー）から離れても効果が消えることはない。

　蒼の【飛行】【無銘天使習熟・ハルバード】も効果が消えないカテゴリだ。

　だが、武器の強化はどうなのだろう。第五領域（ゲブラー）から離れた時点で、強化された武器の強化分が消えてしまうのか、あるいは——。

「ああ、それは伝えていなかった。無銘天使の強化分は残る。少なくとも私のものは。ただ、三人の武器は特殊（とくしゅ）だからちょっと分からない」

「ですわね。〈刻々帝（ザフキエル）〉の物理攻撃を強化したところで、銃（じゅう）が頑丈（がんじょう）になったり懐中時計（かいちゅうどけい）が頑丈になったりしても意味がありませんもの」

「わたしは糸が鋭くなるなら問題ないと思うけどぅ……」

「なら、次はアリアドネさんが武器加工するのが、いいかもですねー。わたしの〈王位簒奪〉は特殊すぎるので論外で」

「…………」

「アリアドネさん？」

「なんか……段々ひびきんがパーティリーダーっぽくなってきたねぇ」

「な⁉」

蒼がこくんと頷いて同意する。

「スキルの知識が豊富で、組み合わせ方も意表を突いたものばかり。私だけでは、力押しになっていた可能性が高い」

「ですわね。わたくしも【闇魔法】と【形状変化】の組み合わせは……響さん？」

響がぷるぷると震えている。はて、と狂三たちは首を傾げる。今の会話のどこに、感動する余地があったのだろうか。と思っていると、響は半べそをかいて狂三にしがみついた。

「はい⁉」

さすがの狂三も悲鳴めいた声で叫ぶ。

「すすすす捨てないでください狂三さん！　確かに『おっとわたしってば弱いのに、まるでパーティリーダーみたいだぜ』と一瞬思いましたが！　これは当然パーティ追放のフラグというやつ！　『おまえがいなくても代わりはいくらでもいるんだぞ』って言われてあれこれあって、わたしがハッピーエンドになるやつです！」

「……ハッピーエンドならいいのでは……？」

おずおずと蒼が尋ねると、響が答えた。

「その代わり追放した皆さんがメッチャ不幸になります」

「だから捨てないでください狂三さん、狂三さん、くーるーみーさーんー！」

「すーるーなーよーぅー？」

「……〈刻々帝〉」

狂三は響の耳元で銃を撃った。

「……正気に戻りました……あまりに自分の知るファンタジー世界だったもので、お約束が出てくるのかとつい……。冷静に考えると、それどころじゃないですね……」

はーっと、大きく響が安堵の息をつく。

「詳しいのも考えものだねぇ」

「いや本当に……置き去りにされたわたしはすんでのところで超絶チート能力に覚醒しな

んかもうばったばったと手当たり次第に薙ぎ倒し三人への復讐がざっくり終わったあたりで気力が尽きて何かもう更新しなくていいかなってでもコメント欄は当然のように更新しろって荒れに荒れて」

「現実に戻ってくださいまし。げーんーじーつーにー！」

　響がこのまま胡乱な状態だと、迂闊に第五階層に向かえやしない。狂三が両肩を摑んで揺さぶると、ようやく響の目が理性を取り戻した。

「そ、そうですね。わたしは第三階層あたりから【地図作成】スキルでマッパーも兼ねてるんでした。遊び人なのに遊んでないですね、わたし……」

「ダンジョン探索だから仕方ない。本当に遊ばれるとさすがの私も怒らない自信がない」

「分かってますよーです。んっと……ここを真っ直ぐ進むと未知の領域です」

「ふむ」

　四人は暗い通路の奥を見やる。アリアドネがひとまず【光魔法】で照らそうとするが、不思議な力が働いたのか、魔法の灯火は強制的に消失した。

「灯りがつけられないみたいだねぇ」

「【暗視】スキルで進むしかなさそうだ。幸い、全員取得しているから進むのに支障はないだろう」

「むぅ……」

「どうしましたの、響さん？」

「……いえ、何でもありません。【暗視】使いますねー」

胸中に微かに嫌な予感を抱いたものの、響は無視した。響は自分以外の、三人の戦闘能力に全幅の信頼を置いている。

結果的に、それが仇となった。

「気配がする。構えて」

蒼がそう言って〈天星狼〉を構えた瞬間、響は自分の失策に気付いた。

「ヤバっ……！」

咄嗟の判断――響は手を伸ばし、狂三の左目を塞ぐ。

「何、を――」

突然の行為を問い質す暇もなく、凄まじい閃光が一行の目を焼いた。

「【光魔法】！　しまっ……」

「きゃうぅ!?」

蒼とアリアドネが反射的に蹲る。暗視で目の感覚を研ぎ澄ませていた状態で、光魔法の閃光が直撃した。視界が完全に塞がり、混乱も誘発する。

「狂三さん、お願いします！」

「承りましたわ……！」

かろうじて、響は狂三の片目を守った。用をなさなくなったもう一つの目を閉じ、狂三は薄暗がりから襲いかかるモンスターを片目で視認した。

「〈刻々帝〉──【二の弾】！」

減速の弾丸を放つ。ともかく、今は耐久戦だ。閃光はただ目を眩ませただけ、一時的なもの。で、あれば復活すれば戦線はすぐに立て直せる。

しかし。

奇声を上げつつ、大型の蚊のようなモンスターが凄まじい速度で飛んでくるのを見て、狂三は舌打ちした。

「速い……！」

【二の弾】を回避された。ならば、とひとまず狂三は連射して弾幕を張る。

だが、撃ち放った弾丸をものともせずに巨大蚊は猛追する。羽根が削れ、足が分断されたにもかかわらず、平然と巨大蚊はそのストローのような口で狂三の血を啜ろうとする。

「──所詮は虫けら、ですわね」

狂三は倒れ込みつつ、背を勢いよく仰け反らせた。反動で足が伸びるように上がる。飛び込んできた巨大蚊の柔らかな腹部を蹴る。飛び込んできた勢いを利用した一種のカウンター――突き刺さったつま先の衝撃に耐え切れず、巨大蚊は天井に叩きつけられた。

「はい止まりましたわね」

キェエエ、という叫びに狂三は素早く目を閉じる。瞼越しでも分かる、強烈な光。だが、狂三には通用しない。

「同じ攻撃が通じると思う浅はかさが、モンスターらしいですわねぇ……！」

天井に向かって〈刻々帝〉を掃射する。穴だらけになった巨大蚊は、脆くも崩れ落ちた。落下してきた死体を回避して、狂三は素早く奥の暗闇を睨んだ。

「まだいますわね」

スキル【暗視】を切断。気配を知覚して相手を撃とうとする。

「くるみん、躱して！」

そこへアリアドネの声が掛かる――即座に床に伏せる。彼女の頭の上を、超高速で何かが通過した。

げび、というくぐもったような悲鳴が上がる。

「……ったく。頭来たよぅ……。ホントに、本気で、眠たいのに起こしたそっちが悪いんだからねぇ……!?」

アリアドネの低い声に、響が震え上がった。

「死ね。〈太陰太陽二四節気〉――！」

絡め取られた巨大蚊三匹、いずれも水銀の糸に絡まれて身動き一つ取ることもできず。

一瞬で切り刻まれた。

沈黙――増援が来る気配はない。それを確認して、アリアドネはようやく息をついた。

「ふぅー……」

「くぅ……まだチカチカする……」

「だ、大丈夫ですか皆さん……わたしもダメです……」

「今、そちらに戻りますわ」

狂三はそう言って、両手を突き出し右往左往する響のもとへと向かった。

「反省かーい！」

響がそう言って、ぺこりと頭を下げた。

「まずはわたし。【暗視】を使う寸前、違和感がありました。今思えば、【光魔法】が効果なかったところで、ああなることを考えるべきでした。すいません」

「次に私。……第四階層のモンスターともなると、搦め手を使うということを知っていたが理解できていなかった。……罠を見抜けなかった。ごめん」

「……まあ、響さんは咄嗟にわたくしの目を庇っていただけたのでプラスマイナスはゼロですわね。あれがなければ、わたくしたちは反省会を開くどころか消えていましたわ。反省しなくてもいいのは、トドメを刺したアリアドネさんくらいでは」

「最後のアレはぁ、ただ怒り狂って適当に音のする方向へ糸を飛ばしただけだからぁ。手柄にはカウントして欲しくないかなぁ……」

アリアドネはそっぽを向いてぼそぼそと恥ずかしそうに呟いた。

キレたことを思い出し、恥ずかしがっているらしい。

「……まあ、第四階層までやってきてようやく自覚しました。わたしたちは、最高難度のダンジョンにいるのだと。……その分、間違いなく見返りも大きいですし。何より、ここを踏破することでしか、白の女王に打撃を与えられない。ガンガン進むのは変わらず、されど慎重に。です」

「響さん、これから響さんは違和感を大事にしてくださいまし。多分それは、わたくしたちが見逃してしまうものでしょうから」

狂三の言葉に、響はこくりと頷いた。

「はい。二度と間違わないように」

そうして、少女たちは再び奥へと向かった。一歩、否、半歩でも間違った道に踏み込めばそれが即、死に繋がる第五にして最強のダンジョン〝エロヒム・ギボール〟。

今さらながら、彼女たちはその恐ろしさを再認識した。もっとも、恐ろしさを認識することと恐怖することは同じようで違う。

彼女たちは進むことに一切の迷いはない。恐れを抱きながら、それでもひたすら前へ前へと進んでいく――。

◇

――第六階層。フロアボスの部屋。

「……少し……休みましょうか……」

響の言葉に、全員が安堵の表情で頷いた。激戦であった。

第六階層フロアボスは、ワルキューレ・ペガサス。巨大な突撃槍を持った銀髪の戦乙女。

彼女はペガサスに騎乗して、広大なボス部屋を縦横無尽に飛び回った。

そこまでは予想できたが、彼女は四大魔法もフルに使用し、あまつさえ自身の眷属と思しき低レベル（といっても第三階層のエネミー程度の強さなのだが）のワルキューレを無尽蔵に召喚し続けるという最悪の敵だった。

そして更に最悪なことに、眷属が一定数を超えるとワルキューレ・ペガサスはパワーアップした全体爆撃を喰らわしてくる。なので、眷属を優先して倒さなければいけないのだが、眷属を倒し続けても当然ながら、本体であるワルキューレ・ペガサスは一向にダメージを負わない。

ちなみにしばらく放置するだけで、自動回復能力が発動するというおまけつきだ。

そんな頭おかしいレベルの強敵を相手に、彼女たちが立てた作戦は以下の通り。

まずアリアドネがひたすら眷属を切り刻み続ける。狂三は〈刻々帝〉と【闇魔法】でそれを補助しつつ、空を飛ぶワルキューレ・ペガサスを狙撃。蒼は【飛行】で追いすがりながら、本体を叩く。響は都度都度、姿を隠しつつ全員に指示を出す。

……と、言葉で言えば簡単であったが。何しろ、ワルキューレたちの数の多さと耐久力が尋常ではなかった。〈刻々帝〉の直撃を最低でも一〇発、蒼の全力攻撃を二〇回受けた後、対人戦闘において最強を誇る【七の弾】で時間を停止、三人の一斉攻撃でようやく崩落した程だ。

「誰が考えたか知らないけどぅ……ちょっと……ハードコア過ぎると思うぅ……」

アリアドネの呟きに、全員声もなく同意した。

「……ところで響さんに質問なのですが……」

「はい、なんですか……」

響が取り出した敷物に寝そべりながら、狂三は戦闘の間ずっと気になっていたことを口にした。

「ペガサスはギリシャ神話で……ワルキューレは北欧神話なのですが……なぜこの二つが融合しているのでしょう……？」

「……さすが狂三さん……原典のファンタジー好きには、納得いかないですよね……。多分、作った準精霊のノリかランダムにくっつけられた代物です……」

「納得いきませんわー……」

狂三がじたばたと苛立たしげに足をばたつかせる。

「だが、これで第六階層もクリア。残る階層は四つ」

蒼の言葉に、三人は一様に安堵の息をつく。折り返し地点も過ぎ、後もう少しのところまで迫っている。

「ああ、でもその前に……ワルキューレの【解体】はしておかないと……」

フラフラになりながら響は立ち上がると、消滅寸前のワルキューレ・ペガサスに近寄り、手を当てた。

「【解体】……あれ？」

「どうなさいましたの？」

「【解体】でエラーが出てくるんです。あ、いえ。ドロップアイテムは回収できました。ワルキューレの盾だけですけど」

「それはおかしい。【敵対者鑑定】によればワルキューレ・ペガサスのドロップアイテムは『ワルキューレの盾（伝説級）』『ワルキューレの髪（伝説級）』『ペガサスの翼（伝説級）』の最低三種類のはず。それ以外のレアドロップ品は不明だが……」

「……待ってくださいまし」

狂三が近付き、そっとワルキューレに手を当てた。

「……っ」

「ど、どうしました？」

「恐らく、エラーが出たのは……このモンスターが、準精霊だからでしょう」

「はい!?」

ぐったりしていた蒼とアリアドネも、慌てて起き上がった。

「いえ、正確に言うと準精霊が零落してしまった……女王の誘惑に屈してしまった方々ですけれど」

「……エンプティ……！」

「でもさ、どういうことぅ……？　例の支配者(ドミニオン)が密(ひそ)かに人体実験していたとか……？」

「いや、まさか――」

「違いますわよ、アリアドネさん」

狂三はあっさりとアリアドネの説を退け、蒼に顔を向けた。

「蒼さん。白の女王(クイーン)の軍勢……つまりエンプティたちの攻撃がここ最近になって加速度的に苛烈(かれつ)になっていましたのね？」

「うん、確かにその通り」

「その中には、モンスターのような姿をしたエンプティたちもいたと」

「そう。……まさか」

「……このダンジョン、白の女王(クイーン)たちに制覇(せいは)されていますわね。上層部のモンスターはただのモンスターでしたが、下層部は彼女の領域……モンスターとエンプティが融合を果たしていますわ」

第三領域(ビナー)で見たおぞましいモンスターの数々。

あの幾(いく)つかは、恐らく第五領域(ゲブラー)のモンスターとの融合体でもあったのだろう。

彼女たちは限りなく透明(とうめい)な霊力、無垢(むく)に近い存在。そしてそれが故(ゆえ)に、どんな存在とでも結合できる。どんな強力なモンスターであろうとも、人工的に生み出されたものであるのならば、エンプティにとっては結合材料となり得るだろう。

なら、〝白の女王(クイーン)のために〟という強い意志を持つエンプティたちが融合すれば、当然のようにエンプティの操(あやつ)り人形になる。

だが、つまりそれは。

「この下層部のモンスターたちがぁ、白の女王(クイーン)の支配下にある……ってことぉ……？」

アリアドネの言葉に、響と蒼も言葉を失った。最悪を超えた最悪の事態だ。

「……全部、という訳ではないでしょう。もしそうであったら、第五領域(ゲブラー)の戦線はとうの昔に崩壊(ほうかい)していますわ。それからもう一つ、大事な点がありましてよ」

「それは……？」

「もし、このダンジョンのモンスターとただ融合するだけでしたら、フロアボスなどする必要がありまして？　普通(ふつう)に外に出て、戦えばいいのでは？」

「まあ、そうですよね。だって今回のワルキューレ・ペガサス。表に出たらとんでもない被害(ひがい)が出てたはずですし……。あれ？　何で出てこなかったんだろ」

「この最下層にあるという第三領域(ビナー)の門(ゲート)を守っていたのでは？」

蒼の言葉に狂三は首を横に振(ふ)った。

「それもあるでしょうが、そこまでして守るべきものでもありませんわ。第三領域には他にも門がありましてよ。遠回りになったとしても、戦力を割く意味はそれほどないのではありませんの？」

「むぅ、確かに……。では、時崎狂三。戦力を割く理由は分かるのか？」

「そこまでは分かりませんわ。ですが、出てこないという事実そのものが指し示していましてよ。この最下層に、見つけられては困るものがあると。つまり、わたくしたちの目的はそのまま白の女王の軍の弱体にも繋がると見ていいかと」

進んでいる道は、どうやら思っていたよりも早く白の女王に繋がっているようだった。

「……ただ、第七階層からは更に気をつけないといけない。これまで、私たちが高ランクのモンスターと戦ってこれたのは、彼らの知能がルーチンワークに則ったものだったから。でも、エンプティが融合しているとなると話は変わる」

「そう言えば……確かに今回のワルキューレ・ペガサス、かなり高度な考えで動いてましたよね。というか、わたし隠れている上に【ヘイトコントロール】してるのに一〇回くらい狙われましたもん」

「時間が掛かった理由の一つですわね。響さんが狙われる理由は何一つとしてなかったはずなのに……」

「わたしが指示を出すたび、思い出したように攻撃してきましたからね……。あれ？　もしかすると、わたしの【ヘイトコントロール】、もしかして意味がなくなるのでは……？」

響は自分で言った言葉に、青ざめた。蒼がそれに同意する。

「まずいかもしれない。私の体感した感じ、【雲隠れ】は効果があったと思う。ただ、あのワルキューレ・ペガサスは【ヘイトコントロール】はあまり通じていない気がした。本来、あのスキルは目立つ行動を取ってもヘイトが上がらなくなるのが長所なのに、それとは無関係に思考して攻撃してきたように見えた」

「ど、ど、ど、どうしましょう！　これから先、一撃貰ったら良くても瀕死、普通で死にますけどわたし！」

「まあ、落ち着いて欲しい。思考能力があるといっても、恐らく人間並という訳ではない。本当にそうなら、緋衣響が指示を出していることを理解した上で集中攻撃を仕掛けているはず」

「……あれ？　それは確かに……」

確かに、ワルキューレ・ペガサスの行動はおかしかった。響が指示を下している、と見なしたなら、その時点で集中攻撃に移ってもおかしくはないはずだ。

なのに、彼女は一定時間が経つと何事もなかったかのように、他の三人にターゲットを切り替えた。

「恐らく……まだ、完全にモンスターとエンプティの融合が果たせたという訳ではないのだろう。モンスターとしての本能が邪魔をしている」

表に出せない理由はそれもあるかもしれない、と蒼は考えた。モンスター化していたエンプティたちはまだまだ弱いレベルのモンスターだったが、思考自体は準精霊たちと同レベルだった。……とはいえ狂信が駆り立てている以上、彼女たちは自然と力押し一辺倒であったが。

「それなら……つけいる隙はありそうですね。それで頑張るしかないですか。あと、ヘイト関係のスキルじゃなくて、回避・防御系のスキルでいいのがないか探してみます」

「戦闘が始まったらわたくしが『ダークシールド』でとにかくガードしますわ。あれは盾系の魔法ですけれど、【雲隠れ】を無効化することもありませんし」

「他の盾系魔法だと、目立つせいか【雲隠れ】が無効化されますしね……」

狂三は他に自分が取得可能なスキル、あるいは魔法がないかをステータス表示画面で調べることにした。

「スキル……ありませんわね。【闇魔法】……なし。【時間魔法】は、わたくしの〈刻々帝〉ですから……うん？」

前述の通り、【時間魔法】とは狂三の固有魔法であったが、同時に〈刻々帝〉の能力でもある。従って、【時間魔法】の能力詳細を確認しても、そこには【一の弾】のような弾の名と〈時喰みの城〉が加わっているだけだ。

そして今まで一一の弾と一二の弾は表示が隠されていて、それを狂三は使用不可の状態なのだ、と見当を付けていた。……元々、この二つの弾丸は戦闘ではなく目的を遂げるために使用するもの。なので使用不可であっても仕方ないし、問題はないと思っていたが。

「……『交換』……?」

ステータス表示画面の【一一の弾】と【一二の弾】に触れると『交換』の表示が現れていた。

狂三は恐る恐る、【?】をタップして『交換』に関する説明を表示させる。

『隣界ではこの能力は使用不可能です。能力を交換することで、使用可能になります。交換しますか?　YES／NO?』

……いや、いやいやいや。

そんな、馬鹿なことがあってたまるか。狂三は即座にNOを選択。ステータス表示画面は先ほどのものに戻った。

「どうしました、狂三さん？」

「響さん。……いえ、何でもありませんわ」

はーっ、と息を吐き出す。心臓がうるさい。唐突に現れた不気味な選択肢に、狂三の心が珍しく乱れる。

……本来の能力であれば、隣界では使用不可能。それは仕方ない。

だが、交換が可能であれば。それは……どういう能力なのか。いや、そもそも交換して問題がないのか。

「そろそろ第七階層へ出発しよう」

蒼の声に、狂三は長考していたことに気付く。響が狂三の顔を覗き込む。

「何かありました？　ステータス表示画面で長考してたみたいですけど」

「……後で相談いたしますわ」

狂三はそう答えながらも、本当に相談していいものかどうか迷う。

「そうですか？　ま、いつでも相談してください！」

響はいつものように屈託のない笑みを浮かべた。狂三はわずかに目を逸らす。奇妙な後ろめたさがあった。この世界では、誰しも特異な能力を持つ。響も、そして狂三も。

もちろん、能力の強い弱いはある——狂三と響では越えられない壁がある——が、特異であることに変わりはない。

そしてその特異性は、誇りでもある。

アリアドネも、蒼も、響も、自身の武器を磨きに磨いてそれぞれの戦いに挑んでいる。

なら、その特異性を変えるときは……一人で熟慮し、一人で判断するべきかもしれない。

深呼吸——交換するべきではない、と狂三は決定した。ただし、まだ今のところは……

だが。

◇

——第二領域。

シスタス、キャルト・ア・ジュエー、そして雪城真夜。三人は第二領域地下の巨大な建造物に足を踏み入れた。

高さはおおよそ四〇メートル、横幅はおおよそ一五〇メートル。つるつるとした巨大な柱が立ち並び、天井が仄かに明るく、視界は良好にもかかわらず——まったく先を見通せない。通路がどこまでもどこまでも続いている。

「ここが……」

「そう。隣界の霊力パイプライン。言うなれば排気孔であり吸気孔。向こう側にあるのが

「――」

真夜は北西を指差した。

「第一領域への門。よって、ここの通路を固めたい」

「えーと……各領域の地下に、この規模の通路が存在しますの？」

シスタスの問い掛けに真夜は頷く。

「正解。【天へ至る路】と同じ経路を辿って、パイプラインが敷設されている」

「しかし、これは一体……誰が建造したんだ？」

「不明。最初からあった、としか考えられない。この機構そのものが、隣界を成立させるために必要なものだし」

「もし、これが破壊されるとどうなる？」

「隣界の秩序は消え失せる。全領域が第五領域のように不安定化する。いや、恐らく第五領域よりさらに悪くなる。霊力の乱れでエンプティ化が加速し、全領域が互いの霊力を奪い合う、修羅の時代だ」

あるいは。

あるいはもう一つ、最悪の予想がある。だが、雪城真夜はそれについては伏せておいた。

「さて……防備を固めるというが、ボクたちはどうすればいいんだい？」

「第二領域の準精霊たちにも秘匿。私たちだけで資材を運び、要塞を作る。ほぼ人力」

「なっ……」
フ、フフと真夜が珍しく笑う。ただその笑いに相反するように、目は虚ろ。三日三晩徹夜で原稿を描き上げた漫画家のような面持ちである。
「ここを支配者級以外の準精霊に教える訳にはいかない。かといって、一人で要塞とか無理」

「つ、つまり……下働きが欲しかった、と？」

「いかにも左様。特にキャルトにはめっちゃ期待してる。四枚のトランプがいるから。あ、秘密を漏らそうとしたら燃えるようにセーフティロックを掛けさせてもらうが構わない？」

「それは、まあ仕方ないか……」

キャルトの見切りは早かった。

『仕方ないでござる！』『冗談じゃないッス！』『ふざけんなと思うがいい！』『勘弁してくださーい！』

「心配しなくても、喋らない限りは大丈夫。開封――第四の書・〈絶対正義直下〉。あなたたち四人……四枚に私が許可を出した者を除いて、この場所に関するあらゆる物事を告白することを禁止する。禁止を破った場合は、第五の書・〈焰屋敷殺人事件（ファイアハウス・ミステリ）〉によって問答無用で燃やし尽くす」

『ギャー！』

一斉の悲鳴。トランプにそれぞれ、半透明の鎖と南京錠が絡まり、施錠の音と共に消えた。だが、トランプたちはしっかりと理解した。

喋ると、大変なことになると。間違いなく焼き尽くされる、と。

冗談のようなノリであったが、ガチもガチだった。

「おいおい、人の部下に勝手にそんな誓約（ギアス）をつけてもらっちゃ困るな」

キャルトが抗議の意思を示すが、真夜が懐から取り出した時崎狂三の写真に硬直。

「第七領域（ネツアク）の時崎狂三の活躍動画もセットでつけるが」

「……まあ、秘密を保持するためにも楔は必要だな……致し方ない」

『我がボスながら、ホントこの辺アレでござるな……』『コロコロ手のひら返しッス』

『第三領域（ビナー）の元支配者（ドミニオン）の矜持とかないのがいい！　いや良くない！』『仕方ないで済ませるなこのヤロー』

「一人、語尾がいつもと違うよ!?　……まあそれはいいとして。心配しなくても、君たちが拷問その他で問い詰められることはまずない。あるとすれば、準精霊たちが何をしているのか聞くくらいだろう？　その時は笑って誤魔化して逃げてくれればいいのさ」

『（不承不承）はーい』

不服そうながらも、どうにか同意を得たキャルトは安堵する。

一方、シスタスはしゃなりしゃなりと真夜の前に進み出る。

「あのう、わたくしあまり肉体労働には向かないと思うのですが……」

「何を言う、時崎狂三ことシスタス。貴女にもガッツリ働いてもらう。そして私も普段なら絶対にやらない力仕事を死ぬ気でやる所存だ」

「そ、そんなぁ……」

「さあ、急げや急げ！　時間は待ってくれない！　第一領域の門を死守するために、ここに資材を運び込むぞ！」

走り出す真夜、後に続くキャルト、そして渋々歩き出すシスタス。

「……向こうの『わたくし』はどうしているのでしょう。わたくしが苦労しているのですから、あちらも相当に苦労していただかないと、割に合いませんわ」

そんな愚痴を零し、くすりと笑う。

まあ、きっとそれなりに苦労はしているだろう。とはいえ、彼女のことだ。伸びやかに、軽々と、瀟洒に優雅に踊っているはずだ。

自分が弱い瞬間を切り取られて創造された時崎狂三なら、彼女は誰より強い瞬間を切り取られた時崎狂三なのだから。

第九階層。

——緋衣響っぽい口調で言うところの『マジヤバい』というあたりだろう。

響を抱え上げて走りながら、そんなことをぼんやりと狂三は思った。

《皆さん、前方に罠です！　数三つ、床、右壁、天井、種類は針串刺し！　各部中央にあるセンサーでの体温感知式！　アリアドネさん、塞いで！》

響が【罠感知】で罠を発見し、【念話】で即時伝達。言葉を口に出すのではなく、思考を伝達することでコンマ数秒での意思疎通が可能となる。

即座にアリアドネが【水魔法】で前方に『アイスウォール』を発動。床、壁、天井の中央にある温度センサーを凍り付かせた。

《……オーケーです、このまま進んでくださいっと後方のエネミーが追いつきます。アリアドネさん、走り抜けたら即氷を溶かして！》

《わたしばっかり働かされてるぅー！》

《魔法使いの宿命ですごめんなさいね！》

アリアドネが杖を振る――生み出された炎が天井、壁、床を焼く。先ほどの氷は瞬間的に溶解し、同時に体温以上の温度を検知したセンサーによって罠が発動する。追跡していたモンスターたちがぐしゃりと、巨大な針に突き刺さっていた。

「イエス！」

第九階層はほぼ一本道。迷宮ではなく、通路といった趣だ。

しかし、問題はそこら中に仕掛けられているトラップの山。これまで、響がコツコツと積み上げていた【罠感知】スキル（ランクA）が功を奏した。ただ、それでも響が罠を発見し、対処するのでは遅すぎた。

何しろ、後方から無限にモンスターが出現する仕組みになっている。前に進もうとすると罠が発動、立ち往生したところにモンスターが挟撃。

「この第九階層作った人、絶対に性格悪いと思います!!」

「大いに賛成ですわね……」

狂三は疲れた様子で、汗を拭った。

わずかではあるが、モンスターが出現するまでの間に休憩を取る。敷物を敷いて座り、水を飲み、汗を拭き、深呼吸する。せいぜい二分程度しか休憩は取れないが、ただそれだけでも随分と違うと一行は実感していた。
「二分経過、モンスター出現します。走りますよー！」
響の言葉に三人は黙然と立ち上がり、狂三と交代で蒼が響を担ぎ上げた。
「【罠感知】発動します。出発！」
走り出す。速度は一番遅いアリアドネに合わせつつ、狂三が殿を務める。
「迎撃しますわ！」
〈刻々帝〉の一斉掃射。しかし、モンスターたちは怯むことなく猛然と突き進む。今回、出現したモンスターは飛行する巨大亀、鋼鉄製の歯を剝き出しにする大猿、ジェット噴射する白虎。
《新手はフライングブルートータス、スチールファングコング、ホワイトタイガージェット、だそうです！　どいつもこいつも名前長いですね……》
【念話】で響が素早く敵名を伝える。走りながら、狂三が応じた。
《モンスターの名前はどうでもいいですけれど、どれもこれも強そうですわね……》
《普通に戦っても難しいし、この状態だともっと難しい》
《【敵対者鑑定】で何か分かりました？　蒼さん》
《んーと【全耐性・S】。全てのダメージを五分の一に抑制》

《舐めてんのか。いや舐めてないんですけど、全力過ぎるでしょ!!》

響のツッコミに全員が頷いた。

《でもぅ。わたしたちには【全貫通・S】あるよ？　便利だからって、皆無理して取ったよねぇ？》

アリアドネのレアスキル【全貫通】はあらゆる攻撃に貫通属性を与え、ダメージを増強させ、同時に敵の耐性を無効化させる。問答無用のレアスキルであるが、取得条件は高いスキルポイントだけだ。なので、狂三も蒼も取得し、Sランクまで成長させていた。第五階層から下は、ほぼ全ての敵が何らかの攻撃耐性を所有しており、貫通スキルがないと戦力にならないのだ。

だが、蒼はため息をついて首を横に振る。

《これまで【全貫通】のスキルでダメージを増強していたが、相手が【全耐性】を持っていると差し引きで通常ダメージに落ちる。となると、これまでのような短期決戦ではなく長期戦になるが……長期戦では、後方からモンスターが再出現して戦闘が終わらない無限地獄になる》

第九階層は二分ごとにモンスターが三匹、全て後方から出現している。二分以内に倒さないと、新手のモンスターがやってきて戦闘。四分後にはモンスターの第三軍がやってくる。無論、出現にも限界はあるだろうが……その限界を確認しようという気はない。
《蒼さんの言う通りー！　という訳で逃げるしかねー！》
逃げる、という提案は狂三には些か承服し難いものであるが。無限地獄も御免被りたい。
《前方の床に罠！……すみません、見切れませんでした。なのでで間違いなくSランク！という訳で狂三さん。お願いします！》
「承りましたわ――〈刻々帝〉……【七の弾】！」
響が罠を見破れず、罠があるとしか分からない場合は狂三が【七の弾】を使い、罠の部分を時間停止させる。
時間を大量に消費するが、罠を潜り抜けるにはそれしかない。モンスターからは時間を奪えないために、精神的な重圧は増していく。
《狂三さん。目算で【七の弾】は何度使えそうです？》
《あと……四回というところですわね。言うまでもなく、フロアボスにも使用いたしますから、時間が補充できなければもう使用は控えたいところですわ》
《了解です。げ、前方に罠……数二つ！　種類は左右の壁の圧し潰し。あ、これ解除できないタイプです。狂三さん……はダメですね。これなら飛び越える方がいいかと！》
《らじゃ。緋衣響、しっかりしがみつくように》

《タイミング計ります。三、二、一……はい跳んでー！》
響の思念と同時、蒼が宙を舞った。同時に微かな異音——分厚い石壁が動く音。大砲にも似た轟音。響は目と鼻の先——わずか数センチ手前で、壁が完全に閉まったことに気付いた。そして再び壁が左右に動く。
《ヤバ。この壁、滅茶苦茶動きが速いです！　狂三さん、【七の弾】で！》
《了か——アリアドネさん⁉》
《ごめん、ミス……‼》
壁が開くと同時、焦ったアリアドネが飛び込んでいた。狂三が即座に【七の弾】を使うが、撃つことができたのは右壁のみ。左壁が動くのを見ながら、響は祈る。
お願い、壁が真ん中で止まりますように……！
アリアドネは時間停止した右壁の方へ向けてジャンプしていた。左壁の動作が通路中央で終わるならこれで問題はない。
案の定、左壁は勢いを殺すことなく、中央の領域を越えた。必然、このままだとアリアドネは圧し潰される。
「……ッ！」
狂三が放とうとする【七の弾】は間に合わない——〈刻々帝〉の能力にはわずかながら、

装塡(リロード)という間が必要になる。

それはほんの、一秒にも満たない空白であるが。

現状においては、それは致命的な隙間となった。

アリアドネもそれは承知している。【七の弾(ザイン)】は間に合わない。このままであれば、自分は圧し潰される。

だが彼女は跳躍した瞬間、当然ながらそれも予期している。跳躍と同時に杖に込めていた【土魔法】の【硬質性付与】。杖を壁に向け、つっかえ棒の代わりとする。

《一秒保ってくれれば……！》

杖が壁と激突した瞬間、ほんのわずかだが壁が静止した。だが、それはほんの一瞬。圧力に耐えかねた杖は、脆くも砕け散る。

「よーしぃ！」

だが、そのわずかな間隙を縫ってアリアドネは壁をすり抜けていた。

「怪我はない？」

蒼の問い掛けにアリアドネは頷く。続く狂三は【七の弾(ザイン)】ではなく【二の弾(ベート)】を使用、落ち着いて壁を抜けた。

「杖を失ったのは痛かったなあ……無銘天使は回収したけど」

「魔法が使えなくなる、ということはありませんの？」

アリアドネは問題ない、と言ったが顔色はあまり良くない。

「別のものを触媒にしなきゃいけないけどぅ……。頑丈でないと、魔法を発動させたときに壊れるんだよねぇ」

アリアドネが杖を選んだのは軽く、頑丈、そしてイメージ的に魔法を通しやすい（魔法を発動する際に重要なのは『こうなる』というイメージだ）。

「わたしの無銘天使は水銀の糸だから、ちょっとイメージしにくいんだなぁ。……ま、何とかするしかないか」

アリアドネの手首から、ふわふわと糸が伸びていく。

「んー……『ファイアボール』」

糸の先端から火球が生み出されるが、杖から発射するより若干全体の動作がぎこちないことに皆が気付く。

「ねぇ？　ちょっとやりにくいんだよぅ」

「……慣れてもらうしかありませんね。さ、それより急ぎましょう。またモンスターが出てきますよ残念ながら！」

響の言葉に全員がやれやれと疲れた表情で立ち上がり、歩き始めた。

「あら？　……扉が見えますわよ？」

最初に気付いたのは狂三だった。

「罠もありません。モンスターの出現まで一分。……ということは、多分あそこが……」

「フロアボスということになる。ただでさえ強いのに、エンプティが融合している可能性は高い。注意しよう」

「響さん。あなたは特に気をつけてくださいまし」

「分かってますよー。……ここから先は【念話】で指示します。エンプティには気付かれそうですが、狂三さん守ってくださいね」

「承りましたわ」

「では、【雲隠れ】打ちます」

響はそう宣言すると、すっと気配を消した。蒼が扉を開くと同時、アリアドネは全員に援護を付与し、狂三は〈刻々帝〉を構えたまま、突入した。

響が悲鳴を上げかけ、咄嗟に口元を押さえた。あどけない少女の顔をした、巨大で真っ白いマンティスがそこにいた。腕が四本、それぞれに武器を持っている。剣、鎌、斧、槍
――。

《【敵対者鑑定】……う、失敗。エラー。名前不明、能力不明、その他全部不明》

《響さん、どうしますの？》
《とにかく、最初は様子見で。どれに耐性があるのか、まずは一通り攻撃してみるしか》
《ひびき……どこ……？》
げ、と響は今度こそ悲鳴を上げた。【念話】が向こう側にも通じている。そればかりではなく、【念話】のスキルを使ってこちらに介入してきた。
それはつまり、
《いたいいたいいたいたたたたたたたたたたたたた》
自分たちの【念話】がバレているということだ……！
《ギャー！　こちらに話しかけてきてます！　狂三さん！》
《『ダークシールド』！》
狂三が張った暗黒の盾が、響の周囲を取り巻いた。猛然と突進するマンティスが盾にぶつかるが、彼女は意に介さずひたすら盾を殴り続ける。
《怖い怖いこわーーーーい！》
「おい、そこの。こっちを見ろ……！」
蒼が突っかかる。跳躍と同時に〈天星狼〉で横殴り。だが、マンティスは吹き飛ぶどころか微動だにしない。

《耐性確認。貫通させても打撃はかなり無理め……！ 体重が重いせいで、吹き飛ばしもできない！ 看破できたのは名前だけ、イノセント・マンティス！》

《要するに巨大なカマキリってことですわね！》

アリアドネが水銀の糸の先端から、四属性の魔法を纏めて放った。だが、いずれも効果はない。

《四大魔法も効果低い。これは……耐性もあるけど、再生能力が滅茶苦茶高い。耐性のない攻撃方法を選ばないと……！》

《次はわたくしが——ちっ！》

狂三が銃を構えた瞬間、マンティスが後方に勢いよく跳躍。

《『オールシールド』》

そして、全攻撃への耐性を持つシールドを張り巡らせる。

《……！ 【光魔法】の使い手です！ 目眩ましと幻影に気をつけてください！》

狂三が〈刻々帝〉を撃ったが、効果がない。ニタリと笑う相手に、狂三は微笑み返して言った。

「——差し出がましいようですが。わたくしに盾を使いたいなら、前後左右に立てておいた方がよろしいですわよ？」

カン、と甲高い音。

部屋の柱に跳ねた弾丸がマンティスの眼球を貫いた。

《グ、ゥ……!?》

「弾丸への耐性は持っていないようですわね」

《いたい、いたい、いたいよ。どうして？　どうしてこんなことするの？　あなたはいったいだれ？》

「どうして？　の答えにはそういう宿命だからとお答えいたします。誰？　という問いかけには、時崎狂三と答えましょう」

《くるみ、ときさきくるみ、はいきょうしゃ、うらぎりもの、さつじんしゃ！》

「……まあ、否定はいたしませんが」

《うらぎりもの、うらぎりもの！　ころして、やる！》

「な……！」

狂三がバックステップ。折角張り巡らせた盾を無視して、マンティスが猛然と狂三へと襲いかかった。

躱す、躱す、回避する。咄嗟に【一の弾】を使用して、加速——予測を狂わせる。

《何か、滅茶苦茶恨まれているみたいですけど、心当たりあります!?》

《山ほどあって数えきれませんわ！　特にエンプティが混じっているというなら！》
《ですよね!!　しょうがない、蒼さんにアリアドネさん。通常攻撃ではなく、狂三さんへのバフと敵へのデバフでいきましょう。狂三さん、相手が【光魔法】の使い手なので〈刻々帝〉を撃ちつつ【闇魔法】も使用してください。あと、ターゲットが明らかに狂三さんに絞られているので回避も！》
《わたくしだけが忙しいですわね!?》
《恨むんだったら、そのカマキリ女を恨んでください！》
《ひ、ひか、【光魔法】――『二条烈光』》
マンティスの額が光った瞬間、強烈な光が迸った。
《光線技！》
狂三は回避できなかった。それは狂三の反応が遅かったからではない。何かに気を取られた訳でも、油断していた訳でもない。
ただ純粋に、光線の速度が神がかり的に速かった。激痛を堪え、舌打ちしつつ狂三は自身も【闇魔法】の盾を発動。続けざまの光線を受け止める。
「……やってくれましたわね」
ぼそりと呟いた声に、響たちは戦慄した。

時崎狂三という少女は慎重であるが好戦的であり、優雅であるが導火線は短く、瀟洒であるが闘争心は空になった自動車のガソリンタンク並である。
血が流れる肩を押さえつけ、ごきりと首を鳴らす。
「殺して差し上げますわ……全力で！」
——ちなみに。自動車のガソリンタンクが空の場合、酸素とガソリンの比率が極めて爆発に理想的となり、火花が散っただけでも吹き飛ぶことになる。
そして今、狂三の闘争心は派手に燃え上がった。
「【闇魔法】——『境界塗装』」
《ちょ、狂三さん⁉ その魔法、確か……》
高ランクの【闇魔法】は強力であるが使いどころが難しいものがほとんどだ。例えば、この『境界塗装』は周囲一帯を全て暗黒に塗り潰す。【暗視】ですら見通せないこの闇は、唯一使い手の時崎狂三のみが自由に行動できる闇である。
《皆さんはひたすら部屋の隅で響さんをガードしてくださいまし。わたくしが動きますわ》
《ちょっ、一人でやる気ですか⁉》
《カマキリ女一匹倒すのに、わたくし一人で充分ですわ！》
《フラグみたいな台詞を言いやがったこの人⁉》

《どこ……どこ、どこどこどこどこどこ……！》

「こちらですわよ、カマキリさん？」

肩の負傷も構わぬとばかり、狂三は二挺(ちょう)の〈刻々帝(ザフキエル)〉を乱射。狂三の目には、弾(たま)を喰らって見る見る内に削(けず)られていくマンティスの姿がハッキリと捉(とら)えられている。

無論、

《く、うっ………！　『オールシールド』！》

たまらず後退したマンティスが全耐性の盾を張る。そこへ、狂三は躊躇(ちゅうちょ)なく踏(ふ)み込んでいく。霊力(れいりょく)で編み上げられた魔法の盾はしかし、物理攻撃を防ぐために物理的な重量と硬(こう)度(ど)も有している。

それが、付け目だった。

《ころして、やる。ぜったいに、かならず、おまえ、え――――!?》

「それはわたくしの台詞ですわよ」

張られた不可視の盾に足を乗せて頂(いただき)へと駆(か)け上る。少女の眉間(みけん)に、〈刻々帝(ザフキエル)〉を突きつけ、宣言する。

「【七の弾(ザイン)】」

《ひっ……》

眉間に【七の弾(ザイン)】を叩(たた)き込まれたマンティスが硬直する。

《使っちゃっていいんですか、それ!?》

「勿体(もったい)ないですが、この子を一呼吸で仕留めるためには――これしかありませんわ」

狂三は負傷して激昂(げきこう)していたが、イノセント・マンティスの戦闘(せんとう)スタイル(つまり、融合したエンプティの戦闘スタイルだが)が遅滞(ちたい)戦・長期戦を基礎(ベース)に置いていることは明瞭(めいりょう)だったからだ。

「【闇魔法】――『ダークボール』・『形状変化・弾丸』」

時間の停止したマンティスは悲鳴を上げる寸前のためか、口を開いていた。狂三は短銃をしまい込み、長銃を二本の腕で支える。

影(かげ)ではなく、闇が〈刻々帝(ザフキエル)〉に装塡(そうてん)される。できるかどうか、と問われれば、時崎狂三はできると判断した。

〈刻々帝(ザフキエル)〉も、〈神威霊装・三番(エロヒム)〉も、そしてこの【闇魔法】という遊戯(ゆうぎ)のようで遊戯でない技術も。全ては霊力で編まれたもの。

ならば、弾丸と同じ形と性質を持った物体であれば。それは弾丸と変わりがない。

装塡成功――そして。影も闇も素材としては同じだろう。だが、後者は魔法だ。そして【闇魔法】には対象を強化(バフ)する魔法ももちろんある。

「『黒殻』・五唱重ね」

威力強化を五回重ね掛けた。通常の弾丸を鉛弾とするならこちらはタングステン合金弾に等しい。

いつもと異なり、両手で長銃を握り締めたのも反動が強いと踏んだからだ。時間を停止させられたマンティスは、ぼんやりと虚空を見つめている。

だが、まもなくその効果も切れて動き出すだろう。

「これで決めますわよ」

狂三が引き金を引いた。

響も、蒼も、アリアドネも、第五ダンジョンを踏破するために幾度となく狂三の銃声を聞いた。ダンジョンに轟く銃声も、彼女たちは鳥の鳴き声くらいにしか感じられないほど慣れていたのだ。

だが、この音はそれまで聞いたどの銃声とも異なっていた。

天を引き裂くような音。

蒼とアリアドネは最初、それが銃声なのかどうかも判断がつかなかった。響は失神しそうになるのを堪えつつ、その音が狂三の〈刻々帝〉のものであると確信した。

同時に戦慄する。

これまでの音が銃の音なら、今のそれは戦車の大砲(たいほう)のようだった。

闇が溶(と)けて、次第に部屋が元の明るさに戻(もど)っていく——部屋の隅に退避(たいひ)していた三人は、その光景に息を呑(の)んだ。

マンティスの口から体内に向けて発射された〈刻々帝(ザフキエル)〉の弾丸は、その凄絶(せいぜつ)なまでの霊力(エネルギー)によって、マンティスの肉体をガラス細工のように粉々に打ち砕(くだ)いていた。

「……終わりましたわよ」

狂三が無造作に髪(かみ)を掻(か)き上げる。汗(あせ)が流れ、硝煙(しょうえん)が周囲に漂(ただよ)っている。狂三の霊装(ドレス)にもマンティスの血が付着していた。

状態を言うのであれば、綺麗(きれい)であるとは言い難(がた)い。

それでも——それでも、戦い終わって佇(たたず)む時崎狂三は芸術的に美しいと響は思った。

第九階層踏破。かくして少女たちは、最後の階層に挑(いど)む。

◇

——第一〇階層。

その召喚術士(サモナー)は、自分が捨て駒(ごま)であると認識している。なのに、彼女の心は浮(う)き立ち、希望と愛に満ち溢(あふ)れている。

「んーん、んーんんー♪　んーんー、んんー♪」

鼻歌は軽やかに。

巨大な棒を片手に、ひたすら地面に紋様を描いている。

「笑って、笑って、笑って、泣いて、泣いて、泣いて、でも、もうどれもこれも必要なくなった。女王のために、死ぬことだけを考えていればそれでいい」

思考は面倒。

労働は苦痛。

無念無想でただ動く。

召喚術士の役割は、つまるところそういうもの。膨大な、膨大な召喚陣──より正確には、3Dプリンターの設計図のようなものだが──をただひたすら描き続ける。

これは白の女王から与えられた知識だった。

隣界編成の際に現出する黒い柱、そこから得られた記憶を元にそれを描き続ける。

数式──隣界の全てを織りなす霊力に指向性を与えていく。

それが召喚術士の能力。彼女は白の女王という名の神に仕え、数式と紋様を組み合わせることで、この第五領域に限ってならあらゆるモンスターを召喚することができる。

だが、今召喚術士が創造しているのはそんなレベルではない。

文字通り、もう一人の神を顕現させる。

白の女王は言った。

「私には、それの記憶がある。何度も何度も何度も奪っては目撃したからね。それは、私と同じ力を持つ。だが、私と同じ思考はない。主義もない。情実も愛も何もない。君たちエンプティより、遥かに空っぽ……虚無の人形だ。でも、きっととても役に立つ」

第五領域の、ファンタジーワールドだからこそやれる荒技だ。

本来なら、ここまで膨大な霊力を一つの鋳型に注ぎ込むことはできない。膨大な水を凍らせることができないのと同じで霧散してしまう。準精霊は誰もが自分という鋳型を持っていて、その大きさは様々だ。

今、召喚術士が作っている鋳型は白の女王――あるいは、時崎狂三に匹敵するもの。

彼女が誰かは知らず、何者かも分からないが。

一つだけ理解しているのは、白の女王は今作っている少女を利用するつもりの一方で、彼女を恐れてもいるということ。

「――正直に言うと、恐れているとも。だが、第五領域でしか生きられない爆弾であるなら、問題ないだろう？　私は、そちらに向かわないのだから」

その通り。その通りですとも、白の女王。

この爆弾は、隣界を震撼させる核爆弾。そして、こちらにやってきた時崎狂三を討ち果たすための、最高の兵器。

『時崎狂三が第九階層を突破。第一〇階層に到達』

「……さすがです。時崎狂三。ああ、でも……」

惜しい。あなたの速さは、私には敵わなかった。あなたの弾丸は、私に届かなかった。

そして私の紋様は、たった今描ききった。

「召喚陣……完了」

ずずず、と地が震える。召喚術士(サモナー)が完成させた紋様は、霊力を集積させて一つのモンスターを形作る。ほっ、と息をつく暇もなく彼女は次の作業に取りかかる。

「流出から形成を。第一は欠落。第三が子を孕む。第五が裏返る。勝利と栄光を獲得し、第一〇にて産み落とされる。形成から人生を。人生から妖精を。妖精から■■を」

召喚術士(サモナー)が編んだのは、隣界全てを召喚陣と考える膨大な図形だ。第三領域(ビナー)と第五領域(ゲブラー)の連動。第三が子を孕み、第五が裏返って召喚陣を構築。

そして、その結果を第一〇領域(マルクト)にて排出する。

「……！」

——来た。

それは間違いのない、授かりの祝詞。膨大な霊力を、隣界全体を使った召喚陣によって形成する、召喚術士の秘中の秘。

無論、かつてエンプティであった召喚術士にこんな能力はない。彼女は白の女王から、この無銘天使を与えられた。

恐らくは、白の女王がどこかの準精霊から奪い取った能力。

無銘天使を奪って我が物とし、更にはその無銘天使すらも複製して無造作に与えていく。

だからこその女王の称号。だからこその怪物なのだ。

召喚した召喚術士は、既に生誕した何かの行方を摑んでいる。第一〇領域で生まれた彼女は、息せき切ってこちらに向かうだろう。

「来る……真っ直ぐに。後は転送の準備…………え…………？」

召喚術士は召喚するべきそれが何者であるか、白の女王に知らされてはいたが、真の意味で理解してはいなかった。

彼女が白の女王のために生み出したモンスターとエンプティの融合体。それはある種の悍ましさを有しており、そして強靭で凶暴だった。

その延長線上にあるものとして、それを捉えていた。これは白の女王の認識が、そのまま召喚術士に継承されたことによる、致命的な錯誤だった。

召喚術士は、この隣界において、絶対に侵してはならないものに足を踏み入れた。

◇

第一〇領域。

蒼の師匠である篝卦ハラカは、それをじっと見つめていた。

「あの……ハラカさん……」

おずおずと、ハラカの供回りを担う準精霊が声を掛ける。ハラカの目の前にあるのは、黒い塊だった。

大きさは軽自動車程度。形状は球体だが、下が押し潰れている様は饅頭にも似ていた。

ドロドロとして、煮立っていて、その癖恐ろしいほど凍えるような感覚があった。

「近付かない方が……」

傍で見ているだけの、準精霊でもそれと知覚できるレベルの厄ネタ。

「分かってる。アンタたちこそ、絶対にそれ以上近付くな」

そう言いつつも、ハラカは目を離せなかった。目を離した瞬間、何かが起きるのが怖かった。まばたきして、一瞬でも視界から外すことすらも怖かった。

ああ、だが、しかし。

（これは……一体、何なんだ……？）

第一〇領域での戦いは、本当にあっけなく決着がついた。主立った戦闘型準精霊でも有力だった連中が、元支配者の〝人形遣い〟の手で悉く殺されていたからだろうか。

ハラカの統治（つまり、対抗してくる準精霊を力尽くで黙らせるということだが）そのものは順調に進んでいたが、突如出現したこれにはハラカも動揺を隠せない。

コールタールのような、重油のような、それでいて凄まじい量の霊力を感じさせるもの。

それこそ、伝説に謳われるあの――。

「……くそ。何をバカなことを考えてる」

ごんごん、とハラカは自分の頭を拳で殴る。とびきりの悪夢、そんなことを考える必要も余裕もない。

「どうしましょう？」

「……結界を張っておく。間違っても、手伝おうなんて考えなくていいぜ。一人の方が、集中しやすいからな……！」

ハラカの足が独特の歩法を踏んだ。魔術的踏切――跳躍しながら五芒星を描く。

「久しぶりだし、忘れてそうだが……大丈夫かなコレ」

「不安な一言を付け足さないでください、ハラカ様」

「わーってるわーってる！　……怨離叶えば大筐・大亀・太陰・大寿に言祝ぐ。仁忠芽吹いて高埜断つべし。六道迷えば黄泉路に還り、是全て戯れと免状乞う！」

かちり、と鍵を閉じる音。同時に半透明の立方体が黒い塊に被さるように出現した。

ハラカは超がつくほどの武闘派であるが、それはそれとしてこの手の結界作成や祓いに関してもトップクラスだ。

「律令鬼筐に閉じ込めたから、しばらくは大丈夫のはずだ。よーし、ひとまずこれは忘れろー！　壊れたオブジェの建て直しだの、残っている準精霊への連絡と再編だの、やることは山ほどあるぜー！」

「はーい！」

小気味いい返答にハラカは満足げに頷いた。

これで当面、この第一〇領域は安泰だろう。後はなるべく殺し合わせないように、支配者であるハラカがコントロールするだけだ。

とはいえ、第五領域の件もある。できれば、どちらかは蒼に任せたいところなのだが――。

そこまでぼんやりと考えたところで、

「……な、に……？」

全身を切り刻まれた。体はバラバラ、思考は滅裂、自分が何者であるか、何をしていたのかすら、一瞬忘却するほどの衝撃。

その殺気の方向へ目をやろうとして、本能が警鐘を鳴らす。

絶対に見るな。目を合わせた瞬間、造作もなく打ち砕かれるぞ。

警告は正しい。だが、理性が本能を拒絶した。

見なければならない。支配者としての責任がある。

それ故に振り返る——心底から後悔する。

先ほどまで饅頭かスライムのような形状だった謎の物体が、今は方向性を変えつつあった。ハラカはかつて見た巨大な3Dプリンタが何かを形作っている様を連想した。

その形状は、とても見慣れたものだった。

二足歩行する生物、武器を持つ生物、服を着る生物。

即ち、準精霊。それでも、それでもただ少女の姿をしているだけならハラカは受け入れることができただろう。

指で九字を切り、札を使って対抗することもできただろう。

だが。そこにいたのは、ただの準精霊ではなかった。

「……おま、えは……！」

巨剣(きょけん)を持っている。掛(か)け値無し、最低最悪の厄災(やくさい)。漆黒(しっこく)の霊装(ドレス)を着た領域外の怪物。無言。絶対死の象徴(しょうちょう)。

無言の怪物は、無造作に剣を一振りする。本来、内側からでは決して打ち破れぬ、鋼鉄のような結界を、それこそ紙屑(かみくず)のように引き裂(さ)いた。

「な——」

絶句するハラカたちを余所(よそ)に、怪物は空を見上げた。ハラカは咄嗟(とっさ)に彼女の周囲へ札をバラ撒(ま)いた。

どん、というロケットが射出するような勢いで怪物が空を飛んだ。数秒経(た)って、ようやく自分たちがまだ生きている、という事実を認識した準精霊たちが安堵(あんど)する。

「今の、は……」

呆然(ぼうぜん)と呟(つぶや)く準精霊に、ハラカは叫(さけ)ぶ。

「悪い。第一〇領域(マルクト)は任せる。アタシはアイツを追う。ヤバい、アレは絶対にヤバい。あれの行き着く先を知っておかないと……！」

幸い、探知用の札が上手(うま)く怪物の霊装(ドレス)に付着した。こうしている間にも、彼女は凄まじい勢いで第一〇領域(マルクト)を飛んでいる。

「ハラカ様！」

「問答無用。行ってくる！」

ハラカも後を追うように空を飛ぶ。篝卦ハラカの全速を以てしても、先の怪物には追いつけない。だが、どの門に向かうかを知れば、もしかしたら先回りは可能かもしれない。

「アタシだ！　篝卦ハラカ！　全支配者に通達！　第一〇領域に……精霊体と思しきものが確認された！　戦闘型の準精霊は全員出撃要請！　……クソ！　第九領に向かっている！　瑞葉にリネム！　避難警告！　急げ！」

現状、隣界ではただでさえ白の女王とその軍が暴れているのに、これであんな代物まで現れたら、正直に言って手に負えない。

「……いや、待て」

ぞっとする。何故、唐突にあれは出現した？　偶然か？　それとも故意か？

故意だとすれば、誰があんなものを召喚した？

……こちら側の誰かが暴走したのか（方法は不明だが）。それとも、あるいは。

これもまた、白の女王が打った手の一つなのか。

「ああもう畜生！」

ガリガリと頭を掻く。輝俐リネムと同じようなその場その場の享楽主義でありながら、リネムより責任感が強いのが、篝卦ハラカという少女である。

ちなみにリネムは責任感に乏しいが、先天的な体質で未来を読み、もっとも楽観的な未来を無意識に選択する能力がある……と、ハラカは睨んでいる（当の本人は自分自身の力をあまり理解していない）。

——ともかく、追うしかない。

追った先に何が待っていようと、あれの居場所を突き止め続けなければならない。

災厄とは、悪意があろうがなかろうが——接近する者全てを呑み込み、死に至らしめるものなのだから。

○そして、災厄は訪れる

……まず、彼女がどのような存在であるかについて。

彼女が生み出されたのは、白の女王と召喚術士の悪意によってであり、その目的は第五領域の混乱、ひいては壊滅である。

彼女に精神はない——あるのは、ただ目的のために突き動かされる衝動のみ。

彼女に思考はない——そんなものがなくとも、あまりに絶望的な力を保有している。

彼女に希望はない——あるのはただ、破壊するという目的だけ。

鋳型は完璧。外見の模倣もほぼ完璧。されど魂を入れなかった。不要だったからだし、そもそも魂を入れる方法など召喚術士は知らなかった。

だから彼女は完全なる戦闘機械であり、同時に災厄の化身。

……既に、彼女の姿を目にした準精霊は隣界から消えて久しい。現役の支配者で彼女に関して知っている者もおらず、必然追跡している篝卦ハラカも『掛け値無しの地雷であることは分かるが、地雷の破壊力は想定していない』という程度だ。

第一〇領域(マルクト)から第九領域(イエソド)、第九領域(イエソド)から第六領域(ティファレト)、第六領域(ティファレト)から第五領域(ゲブラー)。

「速い！」

篝卦ハラカも懸命(けんめい)に追いすがるが、凄(すさ)まじい勢いで引き離(はな)されていく。かろうじて、追跡用の霊符(れいふ)（霊力を封(ふう)じた護符。ハラカはこれを使用することで多様な戦い方を行うことができる）を使うことで、行方(ゆくえ)だけは分かる。

凄まじい速度で飛んでいた彼女が、その領域に到達(とうたつ)してしばらくすると、ピタリと進行を停止した。

「第五領域(ゲブラー)……」

ハラカは自身の統治領域が彼女の目標であることに気付いた。

あそこには弟子(シスター)である蒼(ツァン)がいる。彼女と他の戦闘型準精霊も含(ふく)めて戦い、どうにか彼女を封じなければ。

「……何人死ぬかな……」

気落ちした呟(つぶや)きが漏(も)れる。死ぬだろう。間違(まちが)いなく死ぬ。いや、それどころかそもそも勝てるかどうかも分からない。自分も含めて、何人生き残るか――。

「しかし、何故(なぜ)あんなものが？」

第一〇領域(マルクト)の霊力は静謐(せいひつ)な状態だった。〝人形遣い(ドールマスター)〟が時崎狂三(ときさきくるみ)に討たれて以来、殺し合いは散発的なもので、篝卦ハラカが来ただけで、統治は順調に進んだ。

ハラカとの実力差は明らかなので、ハラカは相手を殺さずに尚且つ全力を出させることすらもできた。

そこへ突然現れたのが、先ほどの黒い塊――今は少女の姿を取り、凄まじい速度で第五領域に向かっている。こうして思い返しても、あの黒い塊の予兆は何もなかった。

「白の女王と関係が……」

あるのだろう。彼女の新しい手駒ということかもしれない。だが――。

思考は堂々巡りで出口なき迷宮を彷徨っている。一旦、ハラカは思考を打ち切り、彼女に追いつくことに専念した。

第五領域に到着すると、彼女は突然下降を開始した。何もない草原に降り立つかと思いきや、無言で地面を切り払った。

「……は？」

ただの一振りで、地面が陥没した。世界を丸ごと破壊しかねない一撃に、ハラカは啞然とする他ない。そして彼女は着地体勢を取ることもなく、頭から地面へ突っ込んでいく。

「ここは……まさか……」

第五ダンジョン〝エロヒム・ギボール〟。現在白の女王の軍が駐屯している最難関ダンジョン。

「……やはり、呼び寄せられたのか？」

ハラカはこれから第五ダンジョンへと突入する旨を、霊符によって部下たちに伝達すると、覚悟を決めて一人、穿たれた孔へと飛び込んだ。

◇

「遂に！　第一〇階層ですよヒャッホー！」

響が浮かれに浮かれて、くるくると回っている。狂三はため息をついて、ぽかりと軽く頭を殴った。

「あいた。何をするんですか」

「気を抜きすぎですわ。少しは注意を――」

「でも、さっきから全然モンスターが出てこないじゃないですか。これは、アレです。最下層がボス専用で、他は何もないというパターンでは？」

「かもしれませんが、気を抜くのは無しでしてよ」

「はぁい」

第九階層の長廊下と異なり、第一〇階層は階段を降りてすぐ、広々とした部屋に出た。

両壁には整然と立ち並ぶ鉄扉がある。恐らく、階段を降りて正面にある一際大きな鉄の扉、あそこがボスの部屋なのだろう、と狂三たちは見当を付けた。

「どうする、端から行くべきか？」

蒼の言葉に、アリアドネと狂三は顔を見合わせる。

「何かあるような気もいたしますけれど――」

「敵が待ち受けているかもしれないねぇ」

「じゃあ提案です。ひとまず、一つ開いて様子を見てみましょうか。敵がいたら、もう真っ直ぐボス部屋と思しき場所へ向かいましょう。何か面白いものがあったら、片っ端から開いてみましょう」

響の提案に反対らしい反対もなく、一行はひとまず左端の扉を開くことにした。一応、その前に響が扉に触れて罠や敵の気配がないかを感じ取ろうとする。

「……罠も、気配もありません。まあ、【ステルス】とか【不可視】とか使われてたらどうしようもないですけど。狂三さんなら、感じ取れません？」

「わたくし、そういう感知スキルはありませんけれど……まあ、そうですわね。直感で当てろと言うなら……こちら、生命体はいませんわ」

扉に触れた狂三の言葉に、一同はなるほどと頷いた。

「ま、わたしよりも狂三さんのスキルにない直感の方が信用できますよね。じゃ、開けまーす！」

ドアが開く。中にあったものを見て、ある者は落胆し、ある者は特に何も思わず、ある者はげ、と呻き、そしてある者は――。

「わたくしにお任せくださいまし」

迷わず、走り出していた。部屋の真ん中にあったのは、黒い角柱。即ち、隣界編成の際に出現する余剰の記憶。

そして、その角柱には極めて高確率で。とある少年の思い出が現れる……！

「狂三さん、ここ一応第一〇階層ですよ！」

「あれは、どうしたの？」

「さ、さぁ……？」

戸惑う二人、慌てる響、そして三人を置き去りにして迷わず狂三は角柱に触れる。

途端、圧倒的量の情報が彼女に襲いかかり――。

◇

焔。爆炎が、周囲を包み込む。

どこを向いても、どちらに行こうとも、それは炎の地獄だった。そして、わたくしはどうやら、幼い少女のようだった。

低い視点、絶え間なく動く左右の腕、目からは熱いものが流れて止まらない。

わたくしの意思で体が動いている訳ではない。どちらかと言うと、動けない夢のような状態。体はこの子供の意のままに勝手に動いている。

この子の想いは、ひしひしと伝わってくる。助けが欲しい、救って欲しい、誰かにそばにいて欲しい。

純粋で、シンプルで、そして現状では最大の難問。

でも、彼女はいざ知らずわたくしは確信している。大丈夫だ、大丈夫なのだと。

——知っている。こういう時に、駆けつけてくれるヒーローを知っている。

——知っている。その人は何もできなくとも、助けの声を聞いたら走らずにはいられないのだと知っている。

「■■！」「■■■■■！」

雑音(ノイズ)。名前が分からない。顔の認識もできない。これはいつものこと、少し傷つくけど。

少し不安になるけれど。

ああ——走り寄ってくるあの人は。

いつもとは少し……いや、随分と幼い顔立ちで。それでも、その性根にあるものは全く失われておらず。

幼い彼は懸命に走って、走って、転んでもめげずに、こちらへひたすら走ってきて――。

ああ、分かる。分かってしまう。

この幼い子供が、どれほど彼のことを待ち焦がれていたか。どれほど彼のことを信じていたか。

胸に痛みが走るくらいに、よく分かるのだ。

他の人には分からない、胸を締め付けるような……哀しいほどに嬉しいこの心は。

◇

「堪能……堪能しましたわ……」

狂三が陶然とした、まさしく恋に恋する乙女のような表情で戻ってくる。

響には見慣れたものだったが、蒼とアリアドネは衝撃的なものだったらしい。

「一応、ここは敵の本陣にほぼ近いんですけど……どんだけ堪能してきたんですか……」

呆れたように響が尋ねる。

「いえ、時間的には五分にも満たない瞬間ですわ。ただ、あの方の記憶でした。あの方が、懸命に女の子を助けようとする——そんな、当たり前の瞬間でした。本当に、本当に、素晴らしかったですわ……」

「え、あの、その、ええと…………あなた、時崎狂三、だよね？」

蒼が恐る恐る尋ねると、狂三はこてんと首を傾げて答えを返す。

「何ですの、蒼さん。頭でも打ちまして？」

「なるほど、時崎狂三だ……」

「ははぁ……例の〝少年〟かぁ。……向こうの世界にいるって噂の」

「いいえ、いますわ。絶対にいます。いるのです」

「まあ、嵌まる準精霊はとことん嵌まるらしいからねぇ。あの記憶」

「アリアドネさんは見たことあるんですか？」

「経験しないようにしてるぅ。下手に覚えていると、向こうに戻ろうとするかもしれないし。それはやっぱり、許されないことでしょぅ？」

「えっと……なぜ、許されないんですか？」

その質問が、響の口から不意に出た。途端、後悔が胸に押し寄せる。今の質問は、するべきではなかったと響は思う。

そして、アリアドネは穏やかに、けれど有無を言わせぬ奇妙な迫力を込めて答えた。

「死者が生者の世界に戻っちゃいけないと思うんだよねぇ」

——その言葉に、狂三は無意識に胸を押さえ込んだ。

反論できる点は無数にある。例えば自分には死んだ記憶がない、例えばまだ第一領域が未知領域である以上、そこに行けば何かがあるかもしれない。例えばもし死んでいたとしたら、今の自分たちが何故存在するのか、その理由が分からない。

でも、それを反論して更に議論を深めていくと。

自分にとって、絶望的な結論になるような気がしてならなかった。

「私は死んでいない気がする。死んでいたとしても、蘇ってみせる。……まあ、向こうの世界に行きたい訳ではないが」

蒼はそう言いつつ、チラリと狂三の横顔を覗き込んだ。

狂三はわずかに俯き、懸命に何かを堪えているようにも見える。

ショックというか、衝撃というか。苦痛以外の、とても大きな感情が蒼の心に注ぎ込まれていた。アリアドネの視線が、狂三と蒼に向けられる。蒼は平然と告げた。

「時崎狂三は、彼方の世界に行きたいそうだ」

「ふうん……行けたらいいねぇ」

「あら、アリアドネさんは応援してくださるの？」

アリアドネは屈託のない笑みを浮かべて言う。

「もちろん応援するよぅ。白の女王を倒した後なら、いくらでもねぇ」

「心配なさらずとも、白の女王は必ず倒しますわよ」

奇妙な雰囲気である、といえた。互いに笑みを浮かべているし、互いの言葉に信頼も置いている。にもかかわらず、緊迫感が途切れることはなかった。

まるで、一秒後には殺し合いが始まってもおかしくない、そういう気配に満ちていた。

（え、何で？　何でこうなるの？　普通に話してただけだよね？）

戸惑う響を余所に、狂三もアリアドネも互いに何故こうなったのか、理解している。

狂三はアリアドネの、『倒した後なら応援する』という発言に嘘を見出し——アリアドネは狂三の、白の女王を必ず倒す、という部分に嘘を見出した。

ただ、二人の発言の嘘そのものにはそれぞれ異なる点がある。

アリアドネの嘘は立ち位置の嘘、狂三の嘘は可能か不可能かの嘘だ。要するに、アリアドネはいざとなれば、応援などしない。どうしようもなくなったら、狂三の現実へ戻ろうとする行動を死んでも止めてみせる——そのための嘘。

一方、狂三の嘘は——白の女王を必ず倒す、という嘘。倒さない訳ではない、和解や服従を選ぶ訳では断じてない。ただ、単純に力量差で圧し負ける可能性がある——そういう嘘だった。

故に、気配は殺意に変わってもそれ以上の変化はない。どちらも、今はまだ仮定の話である。

とはいえ、殺意に満ちた空間であることに変わりはなかったのだが。

「二人とも。それより、次の部屋に行ってみよう」

突如、あっさりと蒼がそれを打ち砕いた。

「え、この空気でですか蒼さん」

「空気なんて吸えればどうでもいい」

「いや、そうですけど。いや、この場合の空気は違う意味の空気であってですね」

蒼は自分に向けられない殺意、まして狂三とアリアドネの分かりにくい殺意に関しては特に関心を抱いていない。

「それより、先ほどの時崎狂三の顔をもう一度見たい！」

珍しく、蒼が声を張り上げた。

「え？」

「何ですと？」

「ほほぅ」

殺気が雲散霧消し、アリアドネは感心した。意図してか意図してないかはともかくとして、蒼は場に纏わり付いていた空気をあっさりと破壊した。

蒼は戸惑う狂三の両手をしっかり摑んだ。

「なるほど悟った。あれが時崎狂三の恋なのだな。私の抱いた恋と形は違うが、あなたのああいう表情は興味深いし面白いし楽しいし、何より美しくてドキドキする。だから、もっとアレをやろう」

蒼の目は期待に満ちている。

「は、はぁ……え、えっと……響さん、どうしましょう」

「どうもこうも。……折角ですし、見て回るしかないでしょう」

いけない、少し素っ気ないと響は自分の言葉を苦々しく思う。蒼は、狂三の恋する姿を美しいと言った。

――何て、無垢な評価なんだろう。

響にはもう二度とできない評価だった。複雑な心境、叫び出したくなるような苛立ちを抑えて、響は心の中で深呼吸を一つした。

「よし、行きましょう！　だって、狂三さんの大切な人のことですから。一から一〇まで知っておかないと！」

「響さんまで……もう……」

「まあ、もちろん他の部屋にもアレがあるとは確定していないんですが。この整然とした並び方から考えるに、他の部屋にもあると思うんですよね」

「でも、もうボスは目の前ですのに……」

「ファンタジーより現実ですよ！」

「……一瞬騙されかけましたけど、現実を考えるならボスではありませんの？」

「わたしも自分で言っていてどうかと思いましたが、でもやっぱり狂三さんはここまで来ても、あの人を優先する狂三さんでいて欲しいかなあって」

響の言葉に、狂三はしばし考え——ゆっくりと首を横に振った。

「あれ？　いいんですか？」

「良くありませんわ。ただ、ボスを倒した後で記憶に触れた方が落ち着いて体感できていいな、と思っただけでしてよ。欲です、一〇〇パーセント我欲ですわ」

「……まあ、それも我が儘女王な狂三さんらしくていいか！」

「だ・れ・が・で・す・の？」

「うっひゃあこの抉られるような痛みもなんだかしんせーんあいだだだだ！」

狂三もそう言えば久しぶりだな、と思いつつ響のこめかみをぐりぐりする。

「む。ならボスを倒すのが先ということだろうか。それならサクサクと倒そう」

「サクサク倒せるといいけどねぇ。第九階層のボスでも相当凶悪だったよぅ？」

「ですわね。……一応、全員で最後のスキルチェックをしておきましょう」

各自がドロップしたアイテムから使用可能な回復薬をチェックしたり、スキルの最終チェックに勤しむ中、狂三は再びそのＹＥＳ／ＮＯ表示を眺めている。

【時間魔法】──弾丸の交換。

本当にそんなことが可能なのか、可能だとして戻せるのか。

……しばし考えた末、結局先延ばしにする──ひょっとすると、永遠に先延ばしし続けるかもしれない、そう思いつつ。

「どうしたんですか？」

「……何でもありませんわ」

狂三は頭を振って、スキル取得用の画面を消した。

「ま、狂三さんなら第九階層みたいに何でも一人でやっちゃうかもですけど。わたしにも、できることがあったら遠慮なく言ってくださいねー」

響の言葉に、狂三は目をぱちぱちと瞬かせた。

「……ですわね。わたくしが知らないこと、わたくしではできないことがある。……当たり前のことですが、響さんはわたくしの足りないところを、いつも埋めてくれていますわ」

「はへ？」

今度は響が目を瞬かせる番だった。狂三はそっぽを向き、髪を弄りながら、口を尖らせて呟く。

「……感謝している、ということですわ」

――狂三がデレた。

響は情報量の多さと多幸感のあまり、失神することを指示する脳味噌を懸命に叱咤し、ギリギリのところで平静を保った。

「それで一つ伺いたいのですが」

「ふぁ、ふぁい。なんでしょう……」

平静を保ちつつ（保てていない）、響は応じる。

「？……取得する前のスキルがどのようなものか、知る方法はありまして？【？】で確認しようにも、表示されていないのでできないようですの」

「んーと……取得前のスキルで分かるのは、汎用的なものだけですね。狂三さんのスキルになっている【時間魔法】なんかは特異すぎて取得前の情報は見られないっぽいです」

「わたくしより長く隣界にいる響さんにお聞きしたいのですけれど」

「はいはい、何でしょう！」

「もし、このスキルでわたくしの能力（ちから）を変化させた場合——それは、第五領域（ゲブラー）だけのものですか？　それとも、隣界において不変となりますか？」

響は言葉を失った。

「それ、は——えっと……」

分からない。それは、恐（おそ）らく隣界にいる準精霊（せいれい）の誰（だれ）もが挑戦（ちょうせん）すら考えなかったことだ。

この第五領域（ゲブラー）で身につけたスキルではなく、スキルとして登録されている無銘（むめい）天使の力を変化させるのだから。

……例えば。精神の有り様が著（いちじる）しく変化した場合、無銘天使や霊装（ドレス）もそれと連動して能力や形状に若干（じゃっかん）の変化が起きることはある。響がその一例だ。エンプティのときは、全く何の能力もなかった棒きれが〝人形遣い（ドールマスター）〟を倒すという使命に目覚めた瞬間（しゅんかん）、〈王位簒奪（キングキリング）〉という無銘天使に変化した。

その際、棒きれだった形状が巨大（きょだい）な鉤爪（かぎづめ）に変化している。

だが、今回はそういうケースではない。

「後天的に……自分の能力を変異させる……ってことですよね……。それは……ええっと、ソレですか？」

蒼とアリアドネの二人に聞こえないよう、響はそっと狂三の短銃を指差す。狂三が首肯したのを確認してから、響は必死になって考え始めた。

可能性としては二つ……いや、三つ。

一つは単純に、『そんなことはできない』というオチだ。狂三の〈刻々帝〉は特異中の特異。第五領域でも、そんなことはまず不可能。極めて妥当な結末といえよう。

二つ目の可能性は『この領域内でのみ変化して、別領域に離脱すると戻る』というものだ。第五領域の霊力は千変万化し、巨大にして緻密なシステムを作り上げている。〈刻々帝〉といえども、その影響から逃れることはできない。だが、別の領域に入れば別の法則が成立するのが、この隣界という世界。別の領域に行くことで、〈刻々帝〉を変化させていたものは消える。

……こちらもまた、妥当だろう。

そして三つ目。『変化したスキルは、これから先も変わることがない』。何故なら、狂三も響も支配者もこのダンジョンも、何もかも全て基本的には霊力で編み上げられたもの。究極的な話、響の足下に転がる石ころも、響も、素材としては同じものだ。現実世界において酸素と窒素は原子レベルで異なるが、隣界においては霊力という位で同じなのだ。

——恐ろしいことに。理屈を考えると、三つ目の可能性も充分にあり得る。

　時崎狂三の精霊という自称を今さら疑う気などない。だが、そんな彼女でも隣界の法則には従っている。殺されれば死ぬし、不死者ではないのだ。

　ならば。

「……システムメッセージの表記はおかしくなってないんですよね？」

「ええ、全く」

「だとしたら、ええ。恐らく、その変異は本物で――そして、永続的に変わることはない可能性が高いです」

「……そう、ですの……」

「もちろん、わたしの見誤りということも考えられますけどね」

「ありがとうございます。参考にさせていただきますわ」

「それで……どうするんです？　本当に変異させちゃうんですか？」

「まさか。さすがに戻らないとあれば、リスクが高すぎますわ」

「ですよねー。〈刻々帝〉の能力、とんでもないですし」

　響は数々の能力を思い返す。時間を加速させ、減速させ、老化させ、巻き戻し、テレパシーめいたものを使い、時間を停止させ、分身を生み出すことすら可能。

　狂三はその褒め言葉に珍しく沈黙で答える。

確かに〈刻々帝〉の能力は、他の無銘天使と比較しても圧倒的だ。しかしその一方で弱点がない訳ではない。直接的な破壊力に欠けるし、纏めて全体攻撃を行うこともできない（強いて言うなら【八の弾】で生み出した分身体と共に攻撃するくらいか）。

が、時崎狂三は自身の複雑な能力を十全に把握しており、その上であらゆる難敵との戦いに勝利し、生き延び続けた。

狂三も自分自身で確信している——隣界で勝てるのは、〈刻々帝〉の力だけではない。時崎狂三がこれまで、必死になって生き延び続けてきたからだ。

響が提出した仮説を狂三は信じ、そして決断する。

「……さて、参りましょうか。いざラスボス戦ですわ」

「ええ、がんばりましょー！」

——結論から言うと、第一〇階層にいた白の女王の部下である召喚術士と時崎狂三一行が戦うことはなかった。もっとも、戦ったとしても瞬殺であったろう。

召喚術士は第五ダンジョンの第一階層のモンスターにすら太刀打ちできない。ただ、召喚術士の特性として、モンスターから敵対されないばかりか、スキルである【ダンジョンマスター】により、このダンジョンの支配者としての権限を所有し、出現するモンスターを自由に操作することもできる。

だから、という訳ではないが召喚術士はこう考えていた——時崎狂三と戦って死ねる自分は、何と光栄なのだろうと。

あの白の女王に匹敵する技量と力を持つ、悪夢のような存在。

戦って勝てばよし、負けても後悔はない。切り札は既に呼び寄せているのだから。

その切り札こそが、彼女にとって最悪だった。ダンジョンを破壊する轟音と共に来訪した彼女に、召喚術士が命令を下そうとした瞬間——

「え？」

死んだ、と思った。やってきた彼女は、召喚術士を一瞥した。無機質な、無感情な、途方もない虚無を湛えた瞳に射貫かれ、魂をひねり潰されたような衝撃があった。

「か、は……！」

召喚術士は口を開いたものの、声が出ない。在り方が違いすぎる、存在強度が違いすぎる、種としての格が違いすぎる。

……強いて彼女のミスをもう一つ上げるとするならば。ここで動いてしまったことだろう。彼女はよろめいて、ついうっかり——来訪してきたそれに、軽くぶつかった。

「あ」

ぐしゃりと、全てが砕ける音がした。

かつて、原初の隣界は精霊が支配していた。それは権力の支配ではなく、ただ現象としての支配だった。

嵐だった。雷だった。純粋なエネルギーだった。破壊だった。そこに悪意はなく、善意もなく、そも人の意思すら感じられない。

伏して怯えて、空を見る度に祈りを捧げる。それが、当時の準精霊たちにとって唯一可能だった行為であり、そしてそれはあまりに無意味だった。

時代は移り変わる。

精霊は消え、準精霊が栄えていく。渦巻く霊力は遍く隣界を発展させ、一つの世界を作り出した。けれど、それでも準精霊たちは心のどこかでコレを恐れていた。

全てを無に帰す――――怪物の再臨。

それが今、無名の召喚術士によってそれは果たされた。

精霊の帰還、災厄の凱旋、文字通りの悪夢が第五領域第五ダンジョン第一〇階層にて、現出した。

「ひゃい⁉　ななな何ですかなんですかコレ⁉」

震動と凄まじい轟音に、響が悲鳴を上げた。蒼は微かに眉を顰め、アリアドネは獲物を狩る際の冷徹な眼差しで第一〇階層の扉を睨む。

「な、何かあったんですかね」

「何かあったのでもない限り、この音の説明はつかないだろう」

「……行くぅ？」

アリアドネが狂三に目を向ける。蒼も、響も。狂三は当然のように扉を開くだろうと、三人共に考えていた。

しかし、狂三は〈刻々帝〉を持つことも忘れて、両手で自分をかき抱いていた。カタカタと、微かに体が震えている。

「狂三、さん？」

狂三だけが、それに気付いた。この扉を開けば、そこに最悪の地獄が待つ。彼女のただ事ではない様子に、扉を開こうとしていた蒼たちも足を止める。

「……逃げ……」

言葉はそこまでだった。ひゅっ、と微かな音。蒼は背を向けた扉から、冷たく凍り付くような風が吹いたようにも感じた。

だが、それは斬撃だった。

ほんの一瞬、蒼が狂三を気にして立ち止まったことが幸運だった。あと一歩踏み込んでいれば、彼女が扉を斬り開いた際の巻き添えでこの世から消し飛んでいただろう。

蒼は振り向くことができなかった。

振り向いた瞬間、死ぬと直感が囁いている。だが、背後に何かがいることも分かっている。だから振り向かなければならない——なのに、体がソレを拒絶している。

アリアドネは目を閉じたいと思った。

見てはいけないものを見る、というのは禁忌の行為だ。いっそ眠りたいが、体が彼女の前で眠ることを拒絶している。

戦いの最中ですら眠たくなるのに、ただ相対しただけでこうなるのは初めてだった。

狂三は先ほどのように、震え続けている。

遭遇してはならないもの、戦ってはならないものに相対した恐怖が、全身を貫いている。

そして唯一、響だけがまっとうに喋り、動くことができた。

「気を付けて……ください！　退がって！」

その言葉に弾かれたように、蒼、アリアドネ、狂三がバックステップする。

「狂三さん、〝彼女〟が何なのかご存知なんですか？」

「……」

「狂三さん！」

叱咤のような叫びに、狂三はようやく自己を取り戻す。

「ええ、ええ。よく、大変よく存じておりますわ。より正確に申し上げると、存じているのは彼女の元になった方ですが」

名前は覚えていない。だが、知っている。彼女の情報はある意味、本能レベルで刻まれている。同種であるが故に。

「彼女はわたくしと同じ精霊。恐らく、その反転体ですわ。……わたくしと同じ、いえ、わたくし以上に……ここにいてはならない人物です」

全員が絶句する。絶句しつつ、現れた少女を目視する。

漆黒に鈍く光る鎧、闇色のスカート、ガラスのように透き通った瞳、片手には巨大な剣。

その何もかもが美しく、狂的で、絶望的で。

無垢な怪物にして虚無の災厄――がその場に佇んでいる。一騎当千であった少女たちが声も出ないほどに、それはこの隣界全てを圧倒していた。

かろうじて、響が声を出す。

「皆さん、この人の後ろ……」

それで皆が気付いた。破壊された扉の奥には、砕け散って消えかかっているエンプティが一人。床には複雑な紋様で何かが描かれている。

「召喚陣っぽい？　ってことはあのエンプティは召喚術士かぁ……。あぁ、もしかして、コレを喚び出したのかなぁ？　……バカじゃないのぅ？」

アリアドネが呆れたように呟いた。

「喚べるものなのですの？」

「喚べるというか、この場合は創ったという方が正しいかも。モンスターと同じ手段で、ただしもっと大規模に」

「魔法スキルを幅広くゲットしたわたしから言わせてもらうとぅ。召喚魔法でこんなの喚び出すのはむりぃー。……可能性があるとすれば、とてつもなく大規模な陣を構築したんだと思う」

「大規模とは、どの程度ですの？」

「んー……この領域全体くらい？」

アリアドネがそう言った直後、空から大音声が降ってきた。

「外れだ、アリアドネ！　正解は隣界全部！」

第五ダンジョンに穿たれた孔から一気に最下層にやってきたその少女が、ふわりと蒼の横に着地した。

胸元の大きく開いた巫女服姿の少女である。勝ち気な瞳は殺意にギラつき、闘争心を表すかのように呼吸は荒い。

「……師匠⁉」

珍しく、蒼が動揺して叫んだ。師匠、と呼ばれた篝卦ハラカは霊符を指に挟み込む。

「色々と言いたいこと伝えたいことがないでもないが、まずはコイツだ。ハッキリと言う。コイツには魂がない。ただ自動的に動く人形みたいなモンだ」

「にん、ぎょう……こ、これでですか？」

響の呆然とした呟き。

「魂がないってどういうことぅ？」

「コイツにあるのは、戦闘能力オンリーってこと。そして、与えられた命令すらない。ただ、生物としての本能だけはある」

「それって……」

「害を受けたら迎撃する。分かりやすいだろ？　問題は、さ。その迎撃（げいげき）で、この第五領域（ゲブラー）が崩壊（ほうかい）しかねないってことだけど」

ハラカの言葉を裏付けるような出来事が、その時起こった。

第九階層で出現（ポップ）したらしいモンスターが、不意に精霊の後ろに現れたのだ。どうやら、精霊が作り出した孔から落下してきたらしい。

モンスターは何の恐怖も持たず、その本能の赴（おもむ）くままに精霊へ牙（きば）を剝（む）いた。

「――」

重火器で空気を切り裂（さ）くようなギィイイイイイン、という轟音。響が悲鳴を上げて、耳を塞（ふさ）いだ。モンスターは塵芥（じんかい）の如（ごと）くズタズタに引き裂かれた。

と同時に、その余波で背後の部屋が更（さら）なる破壊（はかい）に襲（おそ）われる。ハラカが呆れたようにため息をついて告げる。

「見ての通り、コイツは襲ってきたものを自動的に迎撃する。やれることはそれだけだが、その余波があまりにデカいせいで、他の全てを巻き込みまくる訳だ。放ったらかしにする訳にもいかないだろ」

「……ですわね」

「で、アンタが時崎狂三だよな。コイツの弱点、ある？」

「無いからこその精霊ですわよ。最大火力を最速で最大回数叩き込むしか、今のところ思いつきませんわ」

軽口を叩いてはいるが、実のところ絶望的な状況だ。今の一撃を見ても理解できる。触れれば殺される、そういう災厄だ。

「あのう、撤退するというのは……ダメですよねー、ええ、ええ、分かってます！」

響は頭を抱えつつ、こそこそと狂三の傍に近寄った。

「どうしましたの？　わたくし、正直に申し上げていっぱいいっぱいなのですけど」

「狂三さんが弱音を吐くのは珍しいですね。わたしも正直似たような感じです。……あの人、やっぱり強いんですか？」

「精霊は強い弱いで語れるような存在ではありませんわよ、響さん」

「あー……まあ、そうですね……」

下らない雑談に、わずかではあるが狂三の肩の力が抜ける。深呼吸——気合いを入れ直す。目の前の絶望に、挑む気力を強引に湧かしていく。

一方、ハラカは蒼に声を掛けた。

「蒼。アンタに支援スキルで援護をありったけ叩き込む。一度突っかかってみないか？」

その言葉に、微かに恐怖で引き攣りつつも蒼は不敵に笑った。

「師匠は毎度毎度、道理の通らぬ無茶を言う。……分かった、やってみる」

「アリアドネ、アンタその様子じゃあ魔法使い系だろ？　アンタも頼むよ」

「いいよぅ」

「残り二人の能力は、アタシ分からないし。任せる」

「くっ……いきなり飛び込んできたにしてはめっちゃ仕切りますねこの準精霊！　まあ、多分話の流れからして、篝卦ハラカさんでしょうけど！」

「はい大当たりー」

「覚えなくていいですけど、わたしの名前は緋衣響！　こっちは覚えてください、時崎狂三さんです！」

ハラカがニヤリと笑いつつ、支援スキルで蒼の防御を上昇させ始める。

「蒼のお陰でどっちもバッチリ覚えてるよ、安心しろ。……ん？　もしかして、響がリーダーだったりするか？」

「え？　ま、まあ一応は……」

「そっか、じゃあ後は流れでよろしく！　戦いが始まったら、アタシたちは多分他人に構っていられる余裕がない！」

「は、はあああ!?」

響はその言葉に絶叫した。リーダーをやれ、などとハラカは無茶苦茶を言っている。

狂三が肩を叩き、笑って言った。

「自分だけ楽しようなどと思わないでくださいまし、響さん」

「あ……」

その軽口で、響のプレッシャーがすとんと消えた。ここから先は、紙一重で地獄が待つ修羅場。足下には頼りのない薄板一枚。力んでいては、落下するだけだ。

「狂三さん、ありがとうございます」

「あら。何のことでして？」

「……やりますよ。蒼さんが当たって砕けてからが本番です」

「おい、緋衣響。わたしは砕ける予定なのか」

「すいません言葉の綾です。誰かが砕けたらこの戦いはゲームオーバーです！　皆さん、頑張りましょう！」

「オーケー……では、先制する！」

蒼がまず、走り出した。

「ハッ――――！」

跳躍、振りかぶられる変形ハルバード――〈天星狼〉。それに敵意を感じ取ったのだろう。

精霊は無言で剣を振りかぶった。斬撃の余波だけで、凄まじい衝撃波が蒼を襲う。

「ち、いっ……！」

蒼の体は耐え切れず、後退る。防御系のバフを複合掛けていたにもかかわらず、霊装にはは亀裂が走っていた。

「直撃していないのに、ただの一撃で……」

響が唖然とした口調で呟く。

「次、わたしが行ってもいい？」

アリアドネが手を掲げるが、響はそれを却下した。

「ダメです。次は狂三さん、お願いします。……万が一のために、自分に【一の弾】を使っておいてください」

「承りましたわ。では――」

【一の弾】を使って加速した狂三が、後方に跳躍しつつ精霊に向けて短銃と長銃の引き金を引いた。

「！」

無言のまま、精霊が超反応。だが回避ではなく、剣を振るっての迎撃を選んだ。

斬撃の衝撃波が狂三に向けられる――加速した狂三がそれを回避。アリアドネたちは慌てて狂三から離れる。

「追加弾丸――【一の弾】！」

二重加速。紙一重で衝撃波を回避――同時に射撃。今度は直撃。しかし、桁外れの強度を持つ精霊の霊装が、あっさり彼女の弾丸を防いだ。

衝撃波を躱され、更に追加攻撃を加えられたせいか。精霊は止まることなく、狂三に向かって吶喊する。

「蒼さん、【鬨の声】！」

「……了解！」

スキル【鬨の声】はヘイトを集めるスキルである。それが精霊に効果があるのかどうか、響には分からない。だが、可能性は高いと踏んでいた。

精霊が食いついた。狂三ではなく、蒼に標的を変更する。よし、と響は拳を握った。予想通り、精霊は完全迎撃型のモンスターと動きが類似している。蒼が【鬨の声】をタイミング良く使う限り、他の相手に攻撃が行くことはない。

「蒼さん、お願いします！　防御に専念して、何とか凌ぎ続けてください！」

「無茶を言うな緋衣響。でもやる！　【防御専念】！」

襲いかかってきた精霊に対し、蒼が〈天星狼〉を防御用に構えた。

無造作に振り下ろされた大剣の衝撃波を、蒼は自身の無銘天使で引き裂いていく。

「衝撃波は防御で捌ききれる……けど」

さすがに効果がないのを学習したのか、精霊が一歩踏み込んで大剣を直で当てに来た。

「くっ……！」

〈天星狼〉を振り上げ、振り下ろしの一撃を受け止めようとする蒼。

目の前に落雷したような、凄絶なる音。

「は、あ……！」

苦痛に顔を歪めつつも、蒼が広間に
「アリアドネさん、ハラカさん、精霊にデバフ仕掛けてみてください」

「了解ぃー！」

「あいよ！」

アリアドネが糸を、ハラカが霊符を媒介物としてそれぞれ状態異常を付与する魔法を掛ける。

精霊は沈黙——刹那、彼女に細い糸が絡まったように見えた。スロウ系のデバフだが、
精霊は表情一つ変えずにそれを引き千切った。

「悪い、ダメだった」——ハラカの嘆き。

「こっちも……」――アリアドネのため息。

「了解。では、お二人は引き続き蒼さんの援護をお願いします！」

響は深呼吸して、離れた狂三に呼びかける。狂三は先ほどから壁や天井を蹴って場所を巧みに移動しつつ、射撃を続けている。

だが、その銃撃が通じているような雰囲気はない。精霊の霊装が完全に狂三の弾丸を無効化し、弾いている。

「狂三さん。一旦、銃撃を止めてくださーい！【闇魔法】で最大威力で攻撃！」

「……承りましたわ」

悔しそうに歯噛みしつつも、狂三は銃撃を止めた。それから、【闇魔法】で攻撃を仕掛ける。

「【闇魔法】の最大攻撃って『闇一閃』で合ってます？」

響が自身で記録していたメモを見つつ尋ねた。

「ええ。触れ込み的には最大級の闇の斬撃、とのことですわ」

「でも、確かこの斬撃って『黒殻』の威力強化入らないんですよね？」

響の指摘に狂三は首肯する。『闇一閃』の説明欄には、威力強化が無効化される旨がきちんと記されていた。

「ただ、それを込みでも最大威力のはずですわ」

「オッケー。やってみましょう。効果ないと思いますけど」

そんなまさか、と思いつつ狂三は蒼が離れたタイミングを見計らって精霊に向けて『闇一閃』を飛ばした。

喩えるなら、金属バットで鉄板を殴ったような手応えと音。

音の大きさは凄まじいが、攻撃が通じたような感覚は皆無。精霊もまた、その攻撃に対してチラリと狂三を見たが、すぐに直接打撃で叩く蒼へと攻撃を移した。

「一応【闇魔法】では最大攻撃、だったのですけれどね」

頭痛を堪えるように、狂三は頭を押さえて呟いた。

「……では次です」

響が緊張で、ごくりと喉を鳴らした。

「例の『ダークボール』・『形状変化・弾丸』から『黒殻』・五唱重ねのコンボでお願いします」

「『闇一閃』の方が威力は強いのですけれど？」

「やってみてください。わたしの読みが正しければいけるはずです」

――珍しく、響がそう断言した。

狂三は目を瞬かせた後、クスリと笑って頷く。

「いつもの響さんっぽいですわね。では、やってみますわ！」

「効果なかったら、おしおきということで」

響は胸を張って宣言した。

「【闇魔法】――『ダークボール』・『形状変化・弾丸』・『黒殻』・五唱重ね」

長銃を構えて狙いを定める。精霊の吶喊を、支援魔法を受けた蒼が必死になって受け止める。それでもなお、拮抗することはできずに蒼が後方へ下がっていく。

狙撃。

肩に強い反動を受ける。黒色の弾丸がわずかに曲線を描きつつ、精霊の頭部に直撃。頭が、不可視の何かに殴られたかのように揺れ動いた。

「よし！」

「当たりましたわ!?」

響はガッツポーズをしたが、肝心の当てた狂三は驚愕の面持ちだ。

アリアドネ、ハラカは戸惑い、蒼はここぞとばかりに反撃する。

そして、精霊は突っかかる蒼を無視して狂三を睨んだ。

「狂三さん、蒼さんがヘイトを集めるまで逃げてください。多分、ヤバい勢いで襲いかかってきますから！」

「くっ……【一の弾(アレフ)】！」

加速して狂三は回避。響も慌てて【雲隠れ(くもがくれ)】でその場から離脱したが、それ以上の勢いで精霊が狂三を追撃する。

「待て！」

蒼が更(さら)にそれを追いかけるが、誘導(ゆうどう)ミサイルのように執拗(しつよう)に、かつ猛烈(もうれつ)な勢いで追いすがった精霊が、狂三の背中に斬(き)りかかる。

「〈刻々帝(ザフキエル)〉……【七の弾(ザイン)】！」

振り向いた狂三が、突進(とっしん)してきた精霊に向けて〈刻々帝(ザフキエル)〉を放つ。対人においては最強を誇(ほこ)る『時間停止』の弾丸であるが、直撃した精霊は一瞬凝固(いっしゅんぎょうこ)しただけで即座(そくざ)に動き出す。

だが、そのわずかな凝固の間に蒼が狂三と精霊の間に割り込んだ。

「――【鬨の声】！」

その声に、精霊はようやく蒼に標的を変更した。

「やっぱり！」

響は一人、ようやく納得したように叫(さけ)んだ。一連の攻撃で、大まかではあるがあの精霊の特性が見えてきた。

まず、やはり彼女はモンスターだ。考えて行動する準精霊のような存在ではない。召喚術士がなぜ死亡したかは不明だが……恐らく、精霊（便宜上〝精霊〟と呼称しているが、狂三とは別物だ）が反射的に行動した結果だろう。

そして、あの精霊には『このダンジョンへ侵入した者を殺害せよ』というモンスターに与えられる命令すら下されていない。もしそうであれば、もっと攻撃が苛烈なはずだ。具体的に言うと、既に狂三たちが全滅していておかしくないほどには。

それがかろうじて防がれているのは、彼女があくまで『攻撃したものを迎撃する』というシステムに則っていて、しかも迎撃を発動させた瞬間にモンスターとしての知能を獲得しているからだ。

狂三の銃撃を受けた瞬間、精霊は狂三を追いかけ始めた。恐らく、ダメージが残っている間は（あるいは蒼に割り込まれさえしなければ）、狂三を追いかけ続けたのだろう。

そして『闇一閃』が全く通用せず、逆に初期魔法であるはずの『ダークボール』が【形状変化】と威力強化などの重ね掛けで通じたのは、彼女のモンスターとしての特性ではないかと、響は睨んでいた。

……この隣界において、仮に準精霊が負うダメージを数値で換算した場合、数字が同じであれば当然、受けるダメージも同じだ。転んで頭を打つのと頭を殴られるのと、ダメージ数値が同じであれば、受けるダメージは同一だろう。

しかし、この第五領域の幻想区画において、『闇一閃』と『威力強化済ダークボール』は数値が同じでも、受けるダメージは異なってくる。

それはシステム面においての防御数値。ダメージを割合で受け止めるタイプのもの。

あの精霊の霊装は、そういうシステム防御を保持している。そういう意味合いでも、やはり彼女は召喚術士によって創成されたモンスターといえた。

内部の計算式によって、『闇一閃』はダメージ数値を計上するものと認められず、逆に『〈刻々帝〉の弾丸（威力強化済）』はダメージ数値を計上するものと認められた。

高ダメージ数値であればあるほど高い割合でダメージを減算し、逆に数値が低ければ、その減算が低くなる。そして、重要な点が一つ。威力強化分はダメージの減算計算から弾かれている。

つまり――単純な一〇〇のダメージよりも、一〇×一〇で計上するダメージの方が大きい、ということだ。

「蒼さん、バフを盛られた後に小技でダメージを積み重ねてみてください。大技より効率がいいはずです！」

「緋衣響、了解した」

蒼は足払いを加えた後、〈天星狼〉の連撃で精霊を追い込んでいく。

確かに響の言う通り、大技より小技の方がダメージ割合がいい。少なくとも、精霊の反応は過敏だった。

とはいえ、攻撃が通っているだけで致命傷どころではない。何しろ、霊装に傷が増えたと思った先から、すぐに再生を始めている。

「緋衣響！　ダメージは通っているようだが、再生が速い！　既に全快しているから、あまり意味がなさそうなんだけど！」

「そ、そっちの対策はもう少しお待ちを！」

アリアドネは、一流の職業・魔法使いだ。恐らくこの第五領域の支配者であるハラカも似たようなものだろう。

その二人が放つデバフが効果無しということは、恐らくデバフは最初から無効化されていると考えるのが妥当だ。全耐性の強化版という感じだろうか。かろうじて通用したのは、狂三の【七の弾】……一秒にも満たない時間だが、あの精霊は確かに停止した。

物理的なダメージは通っているものの、再生速度が速すぎてダメージが追いつかない。火傷も負わず、呪われることもなく、毒を味わうこともない。

その癖、精霊の攻撃は苛烈が過ぎる。今はかろうじて拮抗しているが、早晩手詰まりとなるだろう。

「響さん。仰る通り、ダメージは通りましたわ。通りましたけれど——」

「はい。〈刻々帝〉の最大武器である【七の弾】も一秒保ちませんでしたね。……でも、一秒未満ですがデバフは通りました。恐らく、狂三さんの【時間魔法】——〈刻々帝〉だけが、あの精霊に通じる唯一のデバフです」

理屈から言うと、そうなるのだ。

アリアドネとハラカの魔法では、デバフそのものを威力強化することはできない。毒を与える、というデバフに毒を二倍与える、という威力強化はできない、ということだ。

「残念ですが、【七の弾】を無制限に使用しては、早々にわたくしの時間が空になりますわ。あれは強い分、時間の消費も激しいのです」

残る【七の弾】の使用可能回数は一回か二回。狂三の経験では二回撃った時点で、【一の弾】すら撃てないほど時間が枯渇すると見なしていた。

「問題はそこを何とかしないと、ですね。……いっそ、一旦逃げてみます？」

「逃げる……？」

響が精霊の向こう側に広がる破壊跡を指差した。

「広間をぐるっと回ってあの正面にある壊れた扉から、外へ脱出してください。単に逃げろって訳じゃないです。急いで街に行って、緊急行為ってことで時間を回復してきてください」

「思い切った作戦ですわね。……大丈夫ですの？」

「大丈夫じゃないと思いますけど大丈夫にしようと頑張りますので何とか大丈夫なように大丈夫しますので頑張ってください狂三さん！」

「……錯乱しかけですが、気持ちは伝わってきましたわ」

「蒼さん、【鬨の声】で気を引いてください！」

頷いた蒼が、【鬨の声】で精霊の関心を向けさせる。その間に、狂三はふわりと浮かんで精霊を慎重に観察しつつ迂回しようとした。

精霊の斬撃さえ気を付ければ、迂回そのものは容易だろうと狂三は結論づけた。少しだけ速度を上げて精霊の背後に回り、跳躍しようとした瞬間だった。

「――は？」

一瞬だった。一瞬で、時崎狂三に精霊が肉薄していた。精霊の一番近くで攻撃を防御するのに専念していた蒼ですら、その背を追うことができなかった。

回避も迎撃も許さぬとばかりに、精霊は狂三の超々至近距離に到達した。

「█████」

叩と斬。

切と断。

分と絶。

狂三は肩口から袈裟懸けに斬られた――直後、

「【四の弾】……!!」

迎撃も回避も間に合わないと悟った狂三は、既にそれを起動させていた。〈刻々帝〉による時間遡行が始まると同時、狂三は精霊を蹴って間合いを広げていた。

肩口に食い込んだ剣を外すためには仕方がなかったとはいえ、想像を絶する激痛に狂三が身をよじった。

「時崎狂三――――!!」

蒼が吼えて、篝卦ハラカが咄嗟に攻撃用霊符を投擲した。自身に向けられた敵意に反応した精霊は、剣を半円状に振り回して盾の代わりとした。

それが更なる混乱を呼び起こす。

「天井が……！」

ただでさえ脆かったダンジョンの天井や壁が崩落した。数トン以上の岩が、狂三と精霊の間を分断する。

「まっずぅ……！」

アリアドネが愕然とした声を出す。狂三に敵意が向くことはなくなったが、数トンの岩が狂三の行動そのものを遮ってしまったのだ。

（どうしよう……どうしよう……！）

パニックに陥りかける響。蒼もハラカもアリアドネも、効果的な戦術を見出せない。

全滅、というワードが不意に全員の脳裏に浮かび上がった。

◇

明滅するように切断と接続を繰り返していた意識が、どうにか連続性を取り戻した。

「痛……」

【四の弾】で時間を逆行させたが、斬られた傷が治りきらなかった。時間が尽きかけている。今の狂三には、最早【一の弾】すら撃つ余裕がない。

だが、立ち上がらなくてはならない。しかし、肩口だけでなく足も痛い。よく見ると、崩落した岩に挟まっていた。無理矢理引っこ抜いた際の激痛で、足が折れていることを理解する。

有り体に言って、時崎狂三は瀕死の状態に追い込まれていた。

「ここは……」

ぐしゃぐしゃに破壊されてはいるが、まだ第五ダンジョンのどこかであることは分かる。

幸いにも、モンスターはいない。現状の狂三だと、恐らく第一階層の敵にすら勝利できないだろう。

「回復、を……」

【闇魔法】と【時間魔法】には回復系統の魔法はない。一時的に何かのスキルを削って、【水魔法】あたりの初級回復魔法を獲得すれば問題はないのだが……。

system error――いくら押しても、自分が取得した魔法以外の項目が全て暗転していてまったく操作できない。

「あ、く――――」

肩口の傷が痛い。ただ斬られたというだけではなく、まるでそこから血とそれ以上の何かが流出しているよう。

「……？」

眼前に、赤と黒の斑に染められた奇妙な構造物があった。

「隣界編成……？」

その割には予兆らしきものはなかった。加えて、先ほどのものよりも遥かに小さく、そして今にも崩れ落ちそうに脆かった。

〝触れなければならない〟

〝今の傷口から、封印されていたものが飛び出した。これはわたくしの記憶、大切な宝物、秘め続けていたもの、向き合うべきもの〟

情報が、言葉が、勝手に流れ込んでくる……！

「一体、何が……⁉」

パニックに陥りながらも、腕が勝手に動く。

〝恐れていたものと、向き合いなさいまし。もう恐れる必要はないのだから〟

震える指先が、その記憶に、そっと触れた。

◇

スライドショー。漏れた記憶は、虫食いだらけ。

でも、それでも分かる。分かってしまう。実感がある。触れたときの感情すら蘇る。

わたくしはその人が愛しくて、最初で最後の恋をした。

敵だったのに優しかった。敵だったのに、手を伸ばしてくれた。ウェディングドレスを着た自分に、戸惑いながら微笑みかけてくれた。

一日にも満たない、ほんのわずかな時間を費やしても惜しくはないと思った。
だから七夕の短冊に、願いを書いたのだ。
もう一度、もう一度、どうか、一目だけでも、会いたい。
『——さんと、またいつか、会えますように』
会いたい。
だけど、もう分かっている。わたくしは、あの時、あの場所で、闇に飲まれた瞬間に、
間違いなく————死んだのだ。

◇

「……ああ、そうか」

涙が零れた。あの精霊の斬撃が、全てを露呈させてしまった。

「わたくしは分身体。そしてあの人に恋をして、それから——」

死んだ。

彼方の世界から消えて無くなった。

分かりきったことだった。隣界にやってきたのだから、

……恨む気にはなれない。本体である時崎狂三と同じ立場なら、多分自分もそうした。

さんとまた、いつか
会えますように

何故なら──何故なら、時崎狂三の造反は反転体を生みかねないからだ。

他の精霊と異なり、時崎狂三の場合は反転体になりかけるという状況すら危険なのだ。何故なら、それは【八の弾】で分身を作成する際に、危険な不穏分子を生み出すことに繋がりかねないから。

「──あら、わたくしにしては無様な姿ですこと」

はっとして、狂三が顔を上げる。暗闇の中にテーブルが一つと椅子が二脚。椅子に座る少女は、くすくすと笑いながら自分を眺めている。

「ようやく思い出しましたのね」

時崎狂三が、そこにいた。

「あなたは……いえ、『わたくし』……は……？」

痛む足を堪えつつ、狂三は立ち上がって椅子に座った。目の前の自分は傷一つなく、優雅な笑みを湛えていた。

「少しお話をいたしましょう、『わたくし』」

向かい合い、静かに己を睨む。

「時間というものは、わたくしたちにとって何なのでしょう」

対面の『狂三』はそう言葉を切り出した。言わんとすることが分からず、狂三は首を傾げる。

「時間というものは、本物を嘘にしますわ。その時は好きだったものが、年を経ると色褪せて恥ずかしくなってしまうように」

「……それは……当たり前ですわね……」

過去、確かにあれが格好いい、それが素敵だと思うことがあった。しかし、時間が経つと何だかそれが無性に恥ずかしくなる。

人間の心理は刻一刻と変わる。どれほど信頼した者でも、裏切られれば憎むだろう。

「その逆に。ただ邪魔な存在だった方が愛する者に変わることもありますわね」

「……あなたは、いえ……『わたくし』は……」

「お察しの通り、わたくしは『わたくし』になる前のわたくしですわ。あの方の名前も知らず、恋も知らず、ただ使命感だけで戦うことのできるわたくし」

狂三は、目の前の自分が急に得体の知れない存在に見えた。同じ顔、同じ声、同じ喋り方なのに、あまりに思想が隔たっていた。

「そして、あなた――『わたくし』が目を逸らしていたものを突きつける、時崎狂三です」

「……わたくしが死んでいたという事実を、でして？」

目の前の自分が、不敵な笑みと共に頷いた。

「わたくしはあの時、確かに死にましたわ。間違いなく、疑いもなく、救済の可能性は絶無として、死亡しました。……その絶望と恐怖が、わたくしの記憶を封じていた」

「……そう、ですわね……」

これほど大切な記憶を封じていたのは、他ならぬ自分自身。自分が死んだことを認められなくて——それなのに、あの人の記憶を求めて、足掻き続けていた。

「まあ、それは未来のわたくしが選択するべきこと。今は、差し迫った方を解決いたしませんとね？」

「差し迫った方……？」

狂三が首を傾げると、眼前の彼女はため息をついて狂三の後ろを指差した。狂三が振り返る——瞠目する。

肩が血塗れで足が折れ、瀕死の時崎狂三がぼんやりとした目でその身を横たえていた。

「死にますわよ、すぐに。ですから、ここでわたくしは選択を迫るのです。どうなさいますの？」

どこか楽しそうに、薄く笑いながら眼前の少女が死を宣告する。その口調は軽かったが、その事実は重たく、何より真実の響きがあった。

「……何を、どうすると？」

眼前の少女が指先を軽く振ると、見慣れたステータス画面が現れた。彼女は【時間魔法】を選択し、例の選択肢を突きつける。

「不可逆ですわ。選択すれば戻ることはなく、どうなるかも行き先不明。ですが、選ばなければ『わたくし』は死にますわよ」

「それは――」

「このまま時崎狂三として死ぬのも、またいいものですわ。分身体らしい最期だと思いませんこと？」

――ああ、そうか。

狂三は理解した、深く深く彼女の言葉に納得した。

眼前の彼女は、過去の自分。目的を果たすためならば、いつ死んでもいいと考えていた頃の自分。……そう、確かにかつての自分はそう考えていた。

過去は宝石のように大切だけど。

未来は黄金のように貴重だけど。

「――いいえ、まったくそうは思えませんわ、『わたくし』。わたくしは生き続けます」

「もしかして、という未来のために？」

「それもありますけれど、今はより差し迫った事情がありますわ」

助けを待っている仲間たちがいる。

戦い続けている戦友がいる。

自分に命懸けでついてきてくれた、大切な友人がいる。

もし、もしも死を選んで彼女たちを見捨ててしまえば。自分は死ぬ間際に、あの人の顔を思い浮かべることすら許されない、と狂三は思う。

恋をした。

恋をしたのだ。だから、その恋と正面から向き合えないようなことは絶対にしたくない。

テーブルの向こう側にいる時崎狂三はため息をついた。

「理解できませんわ。あの方たちがそんなに大切でして？」

「……そうですわね。時々鬱陶しくて、時々ムカついて、時々面白すぎて、時々馬鹿馬鹿しくて、時々騒々しくて、時々――どうしようもなく、大切ですわ」

「そう。やっぱり『わたくし』はもう、わたくしとは違う存在ですわね。どうぞ、お好きになさってくださいまし」

スキル取得のウィンドウが狂三の前に移動する。

不可逆。

決して変わることはない。戻れない。

「……思っていた以上に、勇気が必要ですわね」

指先が震える。喉が渇く。

「自分でも理解しているからですわ。これを選んだ瞬間、時崎狂三ではなくなると無意識に受け入れているからですわね。それからついでに申し上げますと……あなたの能力を改変するのは、この第五領域のシステムではありません。あなた自身ですわ。元々、あなたはゲームシステムに組み込むには異質すぎるのです。ステータスのバグがいい証拠でしょう？」

なるほど、と狂三は納得した。このスキル改変のメッセージは外部からの干渉ではない。ただ、自分の内側に元々あったものを引き出すだけ。

「それを聞いて安心いたしましたわ。わたくしの能力が、無下に第三者に乱されるかもと思いましたもの。となると、後はわたくしの判断一つですのね」

そうは言いつつも指先が震える。

だけど、もう決めている。色々な理由が、信念が、情が、この震える指先を後押ししてくれる。そして何より、

——変わることを恐れるのは道理だけど。

——前に進めないのは、絶対に嫌だ。

時崎狂三の意地こそが、最後の手札。

『【時間魔法】を再構築します』

『〈刻々帝(ザフキエル)〉が変化します』

『〈時喰(は)みの城〉の有効範囲(はんい)を広げます』

『時崎狂三としての同期システムを遮断(しゃだん)します』

『【一の弾(ユッド・アレフ)】と【二の弾(ユッド・ベート)】の能力を現状に適したものへ変化します。この変化は不可逆です』

『——あなたは、もう、何者でもなくなります』

「かもしれませんわね。でも、わたくしが何者になるかは——」

わたくしが決めますわ。

指が、ボタンを押した。

途端(とたん)にテーブルが消え、椅子が消え、そして目の前の時崎狂三がノイズ混じりに消えていく。

「ではさようなら、ところであなたは一体どなたでして？」

「わたくしは時崎狂三ですわ。……でも、多分皆さんとは違う誰かなのでしょうね」

そうして、狂三は瀕死の状態へと帰還する。

肩口から流れ出る血と霊力は止まらず、このままでは死ぬだろう。

このままでは。

これまで狂三はモンスターからは時間を奪えなかった。奪えるという実感がなかった。

だが、今はできるという感覚が全身に伝わっていた。

彼らに与えられた時間は少ないが、彼らは霊力が循環する限り無限に再出現する。多少時間は掛かるが、元より思考能力も感情も皆無であるモンスターに狂三が容赦するはずもない。

「……〈時喰みの城〉」

影が己を中心にどっと湧き出て、第五ダンジョンを覆い尽くした。

○旅の終わりに、どうか祈りを

第三領域、玉座の間。

――焼かれたときのことを思い出す。あれは何とも理不尽で、馬鹿馬鹿しくて、腹立たしい出来事だった。

――撃たれたときのことを思い出す。あれは最悪だった。

どれほど時間が流れても、あの恐怖と憤怒だけは忘れられない。……いや、時間などこの隣界ではあってないようなものだが。

「第五領域に疑似精霊が実体化、強襲するも全体の流入量に変動なし。……なら、これで決まりか」

玉座の間は無人。普段、あれこれと白の女王の世話を焼くエンプティたちもいない。総掛かりで第五領域に攻め込ませている。……もう、この城にも用はない。旧支配者であるキャルト・ア・ジュエーが欲しがるなら、くれてやってもいい、と少女は笑う。

ぴくり、と少女の眉が動く。彼女本人の意思とは裏腹に、口が勝手に動き出す。

「第二領域。やっぱり第二領域にあるのね。第一領域への門とパイプラインの入り口は。

でも、以前調べさせたときには門は存在しないという報告があったけれど」

　柔らかな声で〝令嬢〟が喋ると、〝将軍〟が少し苛立たしさを混ぜた硬い声で応じる。

この二人は、白の女王の人格中でも、一番反りが合わない。

「……第五領域と同じだ。門を隠しているのだろう。となれば、その場所を知っているのは、支配者である雪城真夜だけだ」

「そうねえ。では、戦力を第五領域から第二領域に割く？」

「愚策だ、〝令嬢〟。我々は量で第五領域の防衛軍を押しているが、二正面作戦では兵士の多寡が逆転する。第五領域から第二領域に向かうには、第六領域を経由せねばならないが、それでは挟撃を受けてしまう」

「なら、どうするのかしら？　兵士は連れず、わたしたちで向かうの？　それはそれで、やはり愚策ではないかしら」

「三騎士を作り直すのはいかがでしょう。彼女たちが第二領域で暴れている間に、我々が到達すればいい」

　〝将軍〟は〝令嬢〟に向けてではなく、別の人格に向けてそう述べた。

　彼女が敬うのは、この世界に一人──一人格しか存在しない。真の〝女王〟……玉座に座る少女の主人格のみである。

しばらくの沈黙の後、玉座の間に穏やかな声が響いた。〝令嬢〟の甘く柔らかな話し方でも、〝将軍〟の厳格な口調でもない、強いて喩えるならば、透き通った水のように無害な声だった。

「三騎士を作り直すのは構いません。でも、あなたの提案には一つ足りないものがあります。誰を蠍の尾で突き刺すべきなのか、ということです」

「……エンプティでよろしいのでは?」

「ただのエンプティではダメです。〝政治家〟によればエンプティにもそれぞれ、三騎士との相性があるみたいです。死にたがり、生きたがり、希望を持つ者、絶望を抱く者」

「……あの子たちに個性があるなんて、意外ねぇ。見た目は同じなのに」

「では、どうするのです? 適性があるものを待つのですか?」

「いいえ。ただ、〝政治家〟が一人適性を持つ子を見出しています。まずはその子だけでも手に入れるべきだ、と。わたしも賛成です。残りは適当でもいいです」

適性を持つ少女の名を告げると、副人格の二人は息を呑んだ。

「——ふむ。失礼、〝女王〟。それは私怨ではないですよね?」

〝将軍〟の指摘に〝女王〟は笑った。くすくすと、何とも上品に。

「まさか」

白の女王の肉体が立ち上がる。操作権限を〝将軍〟に譲渡すると、〝女王〟は休眠状態へ移行した。

やれやれ、とため息をついて〝将軍〟は一人呟いた。

「……本当に私怨でなければいいのだが」

ともあれ方針は決まった。この隣界という存在について。副人格である〝将軍〟だが、それでも時崎狂三への憎しみに変わりはない。そして、この隣界という存在について。

結局、彼女たちは何もかもが憎たらしい。自分をけなげに慕ってくるエンプティですらも全てが。

白の女王にとって、この隣界は天国ではない。ただの、終わらない地獄なのだ。

◇

絶望的な状況である。加速し噴出する精霊の攻撃を、蒼と篝卦ハラカは必死になって捌いている。

響もまた、必死になって攻撃を回避していた。間違っても自身の無銘天使で受け止めよう、などとは考えない。彼女の持つ大剣は、虚構であっても業物だった。

恐らく、受けただけで砕け散る。よって、響は攻撃の起こりを見て、とにかく全力で回避、後は天運に任せるなどという戦法に縋るしかなかった。

アリアドネは既に戦線を離脱している。一撃、回避しきれずに精霊の持つ剣が腹部を掠めた結果、壁に叩きつけられる勢いで吹き飛ばされたのだ。

生きてはいるが、戦線復帰は絶望的だろう。支援魔法を失ったことで、精霊の攻撃はより苛烈になった。

——あ、違う。そうじゃないや。

空っぽの、魂の込められていないはずのこの精霊は、少しずつではあるが魂を構築し始めている。響たちの必死の抵抗を疎ましく感じ始め、攻撃に恐怖を感じ始め、だからこそ攻撃が激しくなっている。

「━━」

精霊の口が開く。言葉こそないものの、そこには咆哮があった。相手を怯ませ、自己を奮い立たせる音なき声があった。

「くっ……！」

その気迫に怯んだせいだろう、ハラカが一瞬体勢を崩した。

「師匠！」

「バカ……！」

蒼は一瞬、ハラカに気を取られた。そしてその隙を見逃すような精霊ではない。無慈悲な斬撃が、ハラカと蒼に纏めて襲いかかった。

「〈天星狼〉……！」

蒼は咄嗟に自身の無銘天使を構えて防ごうとしたが、耐え続けていたハンマーがとうとう限界を超えて砕け散った。

「あ——」

庇われたハラカが、今度は自身の霊符を発動させた。ありったけの防御効果を重ねたが、精霊の大剣を前にしては『かろうじて死ななかった』程度しか許されなかった。

二人とも、纏めて吹き飛ばされて壁に叩きつけられた。

「………」

響は立ち尽くしたまま、蒼とハラカの様子を窺う。かろうじて、かろうじて二人とも生きている。だが、それだけだ。蒼は頭から血を流し、蹲って震えている。

恐怖ではない、単純にダメージが大きすぎて動こうと思っても動けないのだろう。

ハラカの方は焦燥の表情で、響と精霊を見つめている。精霊の目が、響を捕捉した。

「……！」

一歩、精霊が近付く。響はそれに合わせて一歩後退する。攻撃を加えられていないにもかかわらず、精霊は立って動いている準精霊を優先して殺そうとしている。響は一瞬の迷いもなく、回避補助として獲得していた【未来視】のスキルを削除して、更に回避ランクの上昇に割り振った。

間違いなく、精霊は本能すら乏しかった機械から違う存在へ生まれ変わりつつあった。

それは本来、祝福されるべきことかもしれない。機械的な存在が魂を持つのだから。

とはいえ、緋衣響にとって現状は最悪で最悪の最低だ。振りかぶられる大剣――これまでなら【未来視】で斬撃の軌道を読み取ってから回避していたが、それではもう間に合わない、と響は実感していた。

【未来視】なしで斬撃を読み取り、即座に回避する以外にない。ちりちりと、周囲の空気が焦げるような匂いがする。

大剣がぼんやりと輝き始めていた。悪寒――剣の切先に光が収束した瞬間、思い切り横に跳ぶ。

これまでただの衝撃波だったのが、エネルギーを伴った斬撃に変わった。ダンジョンの壁といわず床と言わず、そこら中に破壊を撒き散らしていく。

響の呼吸が荒いのは、恐怖のせいだ。これまで何度も何度も死にかけたが、今度という今度は極めつけだと彼女は思う。

……そして、かつて隣界にいた準精霊たちが精霊を『災害』と呼んでいたのも良く分かる。仮に目の前の少女が、狂三のように笑ったり怒ったり悲しんだりしたとしても、この力を見せつけられれば逃げるだろう。

足が疲労で震えている。全神経を集中させた今の跳躍は、二度とやれない。つまり次は、回避できるかどうか極めて危うい。

時崎狂三の姿は見えない。時間を数えることはとうの昔に忘れていた。

……未来を考えることもやめた。大切なのは、目の前の危機を乗り越えることだけ。手順は変わらない。今は、時崎狂三のことさえ考えない方がいい。

額から汗が流れ始めた。

まずい、と響は思う。汗が瞼に滴り落ちそうだ。汗を拭うために腕を動かしたいが、恐怖と緊張のせいかひどく労力がいった。

それでもどうにか、腕を動かして指先で額の汗を拭う。

だがその時、つい、うっかり、響は自分の指で自分の視界を塞いだ。次の瞬間、目の前に精霊が佇んでいた。

「あ――――」

油断した、という気持ちもあるにはあったが、目の前で見る精霊の美しさと恐ろしさに、そんなものは吹き飛んだ。

――あ、これ死ぬ。

確信してしまう。一秒後、頭から両断される自分の姿がありありとイメージできた。

精霊が剣を振り上げる――振り下ろされた瞬間、自分の思考も夢も希望も、全てが途絶えるだろう。ああ、それにしても。

剣を振り上げた精霊の、何とも勇ましく美しいことか。最後の最後、美しい何かに美しく斬られるなら、死に様としてはそう悪くな――

「いや悪いですよ結果が真っ二つなのには変わりないですよわたし!?」

あまりに下らない思考に、響は反射的に怒鳴った。ノリツッコミである。生来の気質が、彼女に思わずそんな台詞を叫ばせていた。

そしてそれが、奇跡を起こした。

「……?」

突然、奇声を上げた響に機械的に動いていた精霊も、さすがに戸惑いを見せた。この下らない言葉で稼いだ時間は、精々が五秒。

だが、その五秒はあまりに致命的だった。

ハラカは見た。精霊の頭から腹部まで、徹底的に銃弾が撃ち込まれた瞬間を。

「五発か……」

「違う」

蒼の言葉に、ハラカが首を傾げる。

「今のは確かに五発だぞ。数え間違いか？」

「そうじゃない、ほら」

指差した先には、唖然とする響とそれに背を向けた精霊の姿。その背には何もない。傷一つない。

「……幻覚？」

「違う。多分、あれは——殺気」

蒼は言いながら、薄ら笑う。そうだ、アレだ。アレこそが彼女だ。そっと背後に立ち、殺意を籠めて睨まれたならば、誰でも気付く。

一流の戦士であれば、殺気によって相手の実力を推し量ることもできる。その殺気を、例えば銃や刀のようなイメージとして知覚することもできる。

しかし、それを無関係の他者に知覚させるのは尋常ではない。

「生きてた……！」

歓喜に震える。蒼はゆらりと立ち上がり、壊れた〈天星狼〉を握り締めた。

「アリアドネ、師匠。休んでる暇（ひま）はない」

「分かってるよぅ、もう……」

「ああクソ。よく生きてたな。おまけに全回復とは。のんびりしすぎじゃないか？」

篝卦ハラカはけほけほと咳（せ）き込みつつ、そう皮肉を呟いた。

「申し訳ありませんわ、これでも全速だったのですけれど。いかんせん、モンスターからでは、戦闘（せんとう）能力が保持できる程度に時間を補充（ほじゅう）するのが難しかったものでして」

下手（へた）をすると一〇〇〇体以上のモンスターから時間を頂戴（ちょうだい）した。お陰（かげ）で、【七の弾（ザイン）】はもちろん、例の弾丸も使用可能なまでに至った。狂三が一一の弾（ユッド・アレフ）と一二の弾（ユッド・ベート）と引き換（か）えに手に入れたその弾丸（ちから）は、確かにこの場を打破する可能性を秘めている。

「――――」

ひたひたと、影（かげ）が精霊に近付いていく。本来、即座に攻撃を仕掛（しか）けるはずの精霊が、動こうとしない。

「さて、わたくしもあなたも、純粋（じゅんすい）な精霊とは言い難（がた）い半端（はんぱ）者ですわ。それは認めます。ですが、共感も共同も友好も交渉（こうしょう）も、わたくしたちには不要ですし不相応ですわ」

背には巨大（きょだい）な懐中（かいちゅう）時計、手には古式銃、漆黒（しっこく）の華麗（かれい）な鎧（よろい）も勇ましく。

きひひひひ、と少女は笑う。その笑い声に響は懐（なつ）かしさすら感じた。離（はな）れて三〇分程度しか経(た)っていないというのに。

ああ――時崎狂三が、そこにいる。

「■」

「さあ、始めましょうか精霊(おなかま)さん。わたくしたちの戦争(デート)を！」

精霊の大剣が輝きを帯びる。それを見て、狂三は目をぱちくりさせた。

「あら、あら」

「■■■■■！」

振り下ろされると同時、迸(ほとばし)る破壊的なエネルギーの光。それを前に、狂三は無言で銃を向ける。その膨大(ぼうだい)で純粋な力(パワー)を恐れもせず、柔(やわ)らかな声で告げた。

「〈刻々帝(ザフキエル)〉――【七の弾(ザイン)】！」

停止。精霊ではなく、精霊が生み出したエネルギー波が運動を完全に静止した。

「嘘(うそ)……」

ハラカが唖然とした呟(つぶや)きを漏(も)らすのも無理はない。滅茶苦茶(めちゃくちゃ)だ、デタラメだ。確かに、彼女の弾丸は撃った対象の時間を停止させるもの。だから究極的な話、この霊力の塊(かたまり)のようなエネルギー波も固定しようと思えばできるだろう。

しかし、それは狂三がそう認識できていればの話だ。この、核(かく)に等しい膨大なエネルギーを、ただの物体と想定し認識した上で撃たなければ……！

狂三は緩やかな動作で、斬撃を回避する。解除され、動き出したエネルギー波は無人の空間へと向かい、壁を吹き飛ばした。

「……ヤバいですね、ダンジョン保ちませんよコレ」

響の台詞には、悲痛な感情が混じっていた。

震動が激しく、そして断続的なものから絶え間のないものへと変わっている。脱出したいところだが、現状はそれどころではない。

少なくとも、あの精霊との決着をつけるまではこのダンジョンから脱出は不可能だ。

「皆さん。今から五秒、精霊の動きを停止させますわ。その間に、全力で攻撃を叩き込んでくださいまし」

「……それで死ななかったらどうなるのぅ？」

アリアドネの問い掛けに、狂三は朗らかに笑った。

「その時は、全滅ですわね。ついでに隣界がまるごと滅ぶでしょう」

冗談ではなく、狂三はそう睨んでいた。あの精霊は、恐らく白の女王でも御しきれない怪物だ。このダンジョンを飛び立てば、白の女王・支配者双方の陣営を巻き込み、全てを破壊して終わらせるだろう。

……もちろん、逃げれば害はない。だが、それも短い期間だ。少しずつ少しずつ、この魂なき精霊は外界の情報を取り込んでいる。……本来の精霊とは、恐らく全く異なる人格が宿ることになるだろう。

そして狂三は、その人格が何をどう考えても善良なるものになるとは思えない。

ここで仕留めなければ、隣界は崩壊する。

「行きますわよ、皆さん。わたくしに合わせてくださいまし！」

「了解！」

一斉唱和。パーティとして戦い続けた彼女たちは、最早意識するまでもなく、全員の呼吸が合致していた。

「【闇魔法】『形状変化・弾丸』／〈刻々帝〉――【七の弾】／装填／【闇魔法】『黒殻』五〇唱重ね」

「五〇……!?」

響たちが瞠目する。狂三は意に介さず、両手に長銃を構えて精霊に狙いを定める。

「行きますわよ……！」

古式長銃に、闇と影が渦巻いている。狂三は両足をしっかりと踏み込み、慎重に狙いを定める。

「――」

精霊が大剣を掲げた。やはり、と狂三は内心で舌打ちする。響が叫んだ。

「あれが来ます。皆さん、回避！　狂三さんも！」

狂三は跳躍した。だが、精霊の首が人形のようにぐるりと回って狂三を捕捉する。

「狂三さんが完全に狙われてますよ！」

「ですわね！」

「――」

精霊が声もなく口を開く。大剣のエネルギー波が、狂三を狙って放たれる。

狂三は壁を走りつつ回避。だが、既に精霊は狂三を最優先標的と狙いを定めたらしい。

「しつこい……！」

長銃の狙いを定めるどころか、撃つ機会すら与えられない。精霊の視線は、絶え間なく狂三を追い続けている。

「狂三さん！」

響が叫び、右手の人差し指と親指を伸ばした。狂三は頷くと、長銃をしまいこんで短銃を素早く構えて撃った。狙いはあまり定まっていない。外れるかもしれない。もっとも、ただの弾丸ではその精霊にダメージを与えられないことは立証済みだ。

訝しげな三人を余所に、響は油断なく精霊を観察する。

「■■■■!」

精霊は素早く回避した。

「やっぱり……!」

響はひたすら思考する。他の四人と比較すると、戦力としては圧倒的に劣る彼女にとって、思考だけでも研ぎ澄ませなければならないからだ。

《結論。あの精霊は、まだ攻撃の区別がついていないんです》

《……なるほど、理屈ですわね》

パブロフの犬のようなもの。狂三からの攻撃が効果あることを理解していても、それがどんな攻撃かは理解できていない。

……ならば。

《狂三さんの攻撃を囮に使うというのは、どうでしょう》

《却下ですわ。全弾回避される可能性が高いので》

響の【念話】を介した提案を、狂三はあっさり否定した。

《ですね。……わたしが長銃を使う、というのは？　一度ありましたよね？》

かつて第九領域でルークと戦ったときのことだ。あの時、響は狂三の囮として長銃を撃った。あれの再現を行えば——。

《却下ですわ》

《ど、どうしてですかー！》

《今、わたくしの長銃にはとんでもない霊力と時間が渦巻いていますわ。響さんが引き金を引けば、多分体が千切れますわよ》

《怖っ！　で、でも補助魔法で補強すれば……》

《今の〈刻々帝〉、素のわたくしでも撃てるかどうか分かりませんわ。むしろ、補助をお願いしようと思っていたくらいで》

《あーうー……では、ダメですね……》

《参加させてぇ。蒼ならどうかな？　ガタイいいし、耐えられるでしょ？》

《参加。私のガタイはあまり良くない、むしろスリムな方だと主張する。それはそれとして、体力に自信はあるが》

《……最後の情報以外いる？　まあいいや。それはともかくとして、アタシは反対さね。アタシの見が正しければ、あの引き金を引けるのは時崎狂三しかいない》

《どうやって当てる？》

《……んーと……がんばるとか……》

《師匠はダメだ。他にナイスアイデアがある人》
《何だとう、無視するなよー！》
《んー……くるみんってば、もしかして何かアイデアあったりするぅ？》
アリアドネの指摘に、狂三は苦い表情で肯定した。
《ありますわ。一つ。お聞きになります？》
《そりゃあ聞くに決まってンだろ？　何だい？》
《ええ。……他言無用ですわよ？》
そうして、狂三は驚嘆すべき一つのアイデアを出した。アリアドネと篝卦ハラカは率直に言って、ドン引きした。蒼はなるほどと変わらぬ表情のまま頷き、響だけは厳粛な態度でその言葉を受け取った。
《つまり、わたしにやれってことですよね？》
《ええ、ええ。……申し訳ありません、わたくしは響さんしか思いつきませんでした》
《待って欲しい、時崎狂三。私にもそれはやれると思うが》
《蒼さんはアタッカーとして動くから、この役割はダメです。万が一を考えると尚更では》
《わたしたちはむーりぃー》
《だね。アタシたちはリスクの大きさと、何よりアンタをそこまで信用できない。いや、

頼れるとは思っているが、アンタの提案はぶっちゃけ命を捧げろって言ってるようなもんだし》

《私はいいのに……》

《……響さん、本当によろしいんですの？》

《はい。っていうか、分かってますよね。最初から、該当者はわたしくらいしか存在しないじゃないですか、もう》

響は、流れる嫌な汗を拭く。本当に自分にできるのかどうか、ではなく。いくら時崎狂三の力といえども本当にそれが可能なのかどうかを疑っている。

普段、狂三の力を全面的に信頼している緋衣響でさえ、脳裏に疑いを持つようなレベルの作戦だ。なぜなら——狂三自身ですらその能力を疑っているのだから。

《……もう少し時間を掛ければ、他の作戦を思いつくかもしれませんわよ？》

狂三の誘惑を、響は首を振って拒絶した。

《いいえ、戦いが長引く方が遥かに怖いですね。絶対にヤバいです、わたしの直感がもう、最々高度の警戒サイレン鳴らし続けてます。こんなの空から落ちてきた狂三さんを見かけたとき以来です！》

《ふふふ。褒めていると考えますわよ。褒めていますわよね？》

《もちろんですとも！　……ところで、それ痛かったりしますかね》
《何もかも未知ですわ。本当の本当によろしいんですのね？》
響は沈黙(ちんもく)した。時間にして数秒であるが、精霊の無造作なエネルギー波を必死になって捌(さば)き続ける狂三にとっては、永遠のように長い沈黙だった。
《…………やります！》
だからこそ、その一歩は勇気あるものだった。
《タイミングを合わせますわよ。わたくしが【七の弾(ザイン)】で抵抗(ていこう)すれば、彼女は恐(おそ)らく次の段階(ステップ)に進むはずですわ》
《了解。飛行スキル強化できそうなスキルを取得しておきます。皆さん、わたしに敏捷(びんしょう)上げる系のバフお願いします》
《防護補助は不要なのぅ？》
《あったところで無駄(むだ)っぽいですしね！　わたしは最速最善のタイミングで狂三さんに合わせるだけですから》
それでも、震(ふる)えが抑(おさ)えられない。これほどの恐怖(きょうふ)は、響が〈王位簒奪(キングキリング)〉で狂三と自分を交換(こうかん)するとき以来だ。
あの時は、自己を喪失(そうしつ)する恐怖。

そして今は、自己と狂三を喪失する恐怖だ。

《これがアウトだったら、わたしたち揃(そろ)って死にますねー》

《ええ、ええ。確実に死にますわ。作戦上、二人揃って生き残るか二人揃って死ぬかの二択(たく)ですわねえ》

それは正直、響にとっては物凄(ものすご)く魅力(みりょく)的な選択肢(し)だった。生き残るにせよ、死ぬにせよ、何となく、いいなと響は思う——口には決して出さなかったが。

《……よし。心が決まりました。いつでもいけます！》

《ではまず……〈刻々帝(ザフキエル)〉・【七の弾(ザイン)】。五秒後！》

五——精霊は相変わらず表情も変えず、動くこともなく、ただひたすらに大剣の斬撃(ざんげき)を撃(う)ち放っている。

四——狂三がニヤリと笑い、〈刻々帝(ザフキエル)〉を起動。背後に巨大(きょだい)な懐中(かいちゅう)時計。

三——狂三が宣言する。「【七の弾(ザイン)】」

二——狂三の懐中時計から、するりと短銃に影(かげ)が籠(こ)められる。

一——銃口を斬撃から発生したエネルギー波に向けて引き金を引く。

先ほどと同様、斬撃が停止した。精霊が一歩を踏み出し、狂三は大きく跳躍(ちょうやく)した。

「行きますわよッ！」

鋭く、そして速やかな呼気。壁を蹴って、それこそ自分自身が弾丸のような速度になって、精霊に向けて突撃する。

「■■」

精霊が片手で大剣を振ろうとして、迷うようにそれを止めた。

「!?」

狂三の驚愕を余所に、精霊は大剣を両手で握り直す。

刹那、狂三たちは凄まじい霊力の嵐を知覚した。

「これ、は……!!」

精霊が急速に、周囲の霊力を吸い上げている。その霊力は全て、大剣に集束していた。

「今までの斬撃の応用。破壊力と範囲を限界まで底上げする気ですわね……!」

どうやら、回避され続けたことが精霊にはお気に召さなかったらしい。狂三が回避するなら、回避できない一撃を喰らわせる。

単純にして絶対的な絶望だった。

《響さん以外の三人、精霊の後ろ側に退避を。響さんは——分かっていますわね?》

《はい。今、行きます!》

響が走り出す。

分かってはいても、足が震えてもつれそうだ。彼女の傍(かたわ)らに存在するのは、触(ふ)れただけで命を消し飛ばす、荒(あ)れ狂(くる)う竜巻(たつまき)のようなもの。

今から響は、そこに飛び込まなくてはならない……！

狂三は慎重(しんちょう)に、冷徹(れいてつ)に、そのタイミングを見定める。〈刻々帝(ザフキエル)〉――秘められていたその能力、強力無比であることとそもそも隣界(りんかい)では意味がないことで封印(ふういん)されていた、一一番目と一二番目の弾丸。

あの精霊を倒(たお)すために、狂三はその能力を自分自身で書き換(か)えた。

……本来〈刻々帝(ザフキエル)〉は自分が扱(あつか)うことができないはずの能力。

捨てることそのものに躊躇(ためら)いはない。あるとすれば――あるとすれば、時崎狂三とは違う存在になるのではないかという、わずかな疑心。

それがどうした、と狂三は歯を食い縛(しば)る。

「〈刻々帝(ザフキエル)〉！」

「■■？」

「狂三さん！」

響が狂三の前に立った。彼女を庇(かば)うように、盾(たて)になるように。

精霊はその行動に、生まれて初めて混乱を覚えた。だが、精霊はその混乱が臆病(おくびょう)、疑心、考察に変わるほどに成長しきれてはいなかった。

——そこが、この戦いの分岐点(ぶんき)であったといえる。

「■■■■■！」

精霊は溜(た)めに溜めた大剣(たいけん)を、上空にいる狂三と響目掛けて一気に振り下ろした。

触れたもの全てを消滅(しょうめつ)させる、黄金の斬撃。精霊の背後に回った蒼たちですら、目が眩(くら)むような光の洪水(こうずい)。

「【——の弾(レフ)】」

光の洪水が、二人を呑(の)み込んだ。

「時崎狂三……!!」

蒼の悲鳴のような呼びかけ。精霊は彼女たちを無視——ただひたすら、その結果だけを見ている。

地の震動(しんどう)はますます大きくなり、ダンジョンの崩壊(ほうかい)まで後わずか。

先ほどの一撃はまさにトドメだった。遠からず、第五ダンジョンは跡形(あとかた)もなく消え失せるだろう。

だが、それほどの一撃を叩(たた)き込んでいたはずなのに。

「………フハッ！」

狂三の前に立っていた少女が、大きく息を吸い込んで叫んだ。今まで、無我夢中で呼吸を止めていたのだろう。

緋衣響――消滅していない、負傷していない、霊装に傷一つない。

「━━」

それは有り得ない光景だった。緋衣響が生きて、息をしている。

そしてその背後には、硬直する精霊に長銃の銃口を向ける少女。

精霊は動けない。彼女自身に自覚はないが、全身全霊、霊力をありったけ纏わせた先の一撃は、彼女に凄まじい負荷を掛けていた。

跳躍も、回避も、防御も、全てができない――ほんのわずかな隙間の刻。

【闇魔法】『形状変化・弾丸』／〈刻々帝〉――【七の弾】／装填／【闇魔法】『黒殻』五〇唱重ね。

放たれた弾丸は過たず、精霊の胸元に突き刺さった。

……狂三の策は、牽制の斬撃ではなく本気の一撃を防いで硬直した瞬間を狙う、という馬鹿馬鹿しいものだった。

狂三の弾丸が、性能を変質させていなければ……馬鹿馬鹿しいものであり続けただろう。

さて、〈刻々帝〉の中でも攻防において要となるのは【一の弾】と【七の弾】である。

特に【七の弾】の効果は強烈だ。当たりさえすれば、精霊であろうが準精霊であろうが、時間が停止した以上は完全な無防備となる。

ここで重要なのは、時間が停止するのはあくまで標的となったものだけだ。停止した標的に打撃を加えれば、時間が動き出すと同時に打撃のダメージが浸透する。

従って、【七の弾】は攻撃にはともかく防御には使えない。

「本当に上手くいきましたわね……」

置き換えられたその弾丸は、本質的には【七の弾】と同じだ。対象の時間を凍結させる。

だが停止するのは対象の内的時間ではなく、外的時間。喩えるならば、薄い膜が対象を包み込んだような状態だ（実際には膜などなく、便宜上『膜』と呼ぶしかないだけだが）。

その膜には触れたものの時間を停止させる効果がある。

時間が停止するということは、その瞬間エネルギーの方向性すら強制的に停止させるということ。

放たれたものが弾丸であれば、弾丸は触れた瞬間にその運動を止めて落下する。敵が剣を突き刺そうとしても、停止し続ける限りは無効化する。

【一一の弾(ユッド・アレフ)】――それは、比類なき絶対防御の弾丸である。

「皆(みな)さん、行きますわよ！」

【七の弾(ザイン)】を五〇重ねて撃っても、恐らく停止は一〇秒にも満たない。だが、それだけあれば――！

「〈天星狼(ライラプス)〉――問答無用叩き割り！」

「〈太陰太陽二四節気(たいいんたいようにじゆうよんせつき)〉……！」

「〈極光霊幻・赤虎星(ゴーストライト・ペテルギウス)〉！」

それぞれがそれぞれに、攻撃を叩き込む。狂三も二挺(ちよう)の古式銃を全力で撃ち込んだ。

四秒が経過。狂三の直感であるが、現時点で停止の半分が過ぎた。にもかかわらず、停止した精霊が負傷した様子はない。

攻撃が通じていない訳ではない。

ただ、耐久力(たいきゆう)が桁違(けたちが)いなのは時間が停止していても変わりないらしい。

「█ッ」

ぎちり、と精霊を縛る時間の鎖(くさり)が軋(きし)んだように感じられた。

「もう少しで解除されますわ、それまでに何とか……！」

「何とかと言っても、これだけ殴っても効果がないのはさすがに計算外……！」

普段は無表情の蒼ですら、珍しいほどに焦っている。

「普通の準精霊なら、一〇〇回死んでお釣りが来るレベルの攻撃なんだけどさ」

「単純に防御力が高いってのは、厄介だねぇ……」

「響さん！」

「は、はい！　何でしょう狂三さん！」

「ぼうっとなさらないでくださいまし。何か案はありまして!?」

「あるにはありますが！」

「では、それを実行するのに必要なものは！」

「……力、貸していただけますか皆さん！」

残り三秒。選択の余地はない。

「〈王位簒奪〉――【無銘天使・性能進化極】・【反動制御無効化】！」

「……は？」

蒼たちが戸惑う中、狂三がいち早く響の目的に気付く。

「響さん！」

「狂三さんは【四の弾】をお願いします。これやると、わたしの体が爆発四散しかねないので――」

「準備完了(かんりょう)しておりますわ」

〈刻々帝(ザフキエル)〉――【四の弾(ダレット)】／【闇魔法】『黒殻』二〇唱重ね。

既(すで)に狂三は準備を調(ととの)えていた。響が死に繋(つな)がるようなことをやらかそうと言うのであれば、何が何でも引き戻(もど)してみせる。

「いきますよ。〈王位簒奪(キングキリング)〉・【武装模倣(もほう)】！」

残り二秒。

響の詠唱(えいしょう)と同時、彼女の持つ無銘天使が姿を変化させた。

「それ!? アンタ、そんなのも模倣できるのかい!?」

ハラカの唖然(あぜん)とした叫び。

「まあ、これやったら多分わたしの無銘天使は死にますけどね！　やるしかないんです、今！」

残り一秒。

響が模倣した武装は、眼前の精霊が持つ大剣。模倣した瞬間、この無名(ネイムレス)――否(いな)、時崎狂三と同じ天使の名を理解した。

「ぐっ、こ、の…………！」

重たそうに大剣を持ち上げた響に、蒼が背後からしがみついてフォローする。さらにそれをアリアドネとハラカ、そして最後に狂三が短銃を響に押し当てつつ寄り添い、大剣の柄を二人で握り締めた。

ゼロ。

精霊が動き出す。目の前に突然出現した彼女たちに驚くこともなく、先ほどの続きとばかりに大剣を振り上げる――瞠目する。

目の前の少女が、自分のと寸分違わぬ大剣を握り締めていた。

「〈暴虐公〉――【終焉の剣】」

響は意味一つとて理解せぬまま、大剣の名を言い放つ。

その言葉により模倣が完成した。かつて、一部とはいえ時崎狂三を模倣しきった、響の無銘天使〈王位簒奪〉。

暗黒の光が満ちる。

これが、眼前の精霊が持つ大剣――その真価。精霊は理解した。この大剣の本来の使い方はこうなのだと。

しかし間に合わない、精霊が振り上げた大剣を振り下ろすより少女たちが大剣を振り下ろす方がコンマ数秒早い。魂のない、ただ鋳型に押し込められて創成されたはずの彼女は、

その間に合わなさを惜しいと思った。

……元より、祝福された生ではなく、愛されるための生ではなく。

己の生に価値はなく、己の死にこそ価値があった。個体として考えるのであれば、死は惜しい。だけど、全体としては——ああ、そうか。


〝良かった。迷惑を掛けずに済んだ〟


最後に、精霊に去来したのはそんな安堵感。結局のところ、鋳型に彼女を選んだ時点で召喚術士の敗北だった。

精霊が暗黒の軌跡を放つ斬撃によって消滅すると同時、響が握り締めていた大剣が砕け散る——同時に、彼女の両腕からみしりと嫌な軋みが聞こえた。

「【四の弾】」

だが、それを狂三が防いだ。両腕が砕け散るより先の高速巻き戻し。

「あっぶなあああああ！　腕が消えるとこだった……！」

響は慌ててぺたぺたと自分の腕に触れ、無事であることを確認。へなへなと崩れ落ちる。

「……響さん、ご無事ということでよろしいですわね？」

「そう言う狂三さんこそ、無事ってことでいいですか？」

響がニヤリと笑い、狂三はくつくつと楽しそうに笑う。怪我はあるが、深手はない。強いて言うのであれば、〈王位簒奪〉が粉々に打ち砕かれていた。

「あーあ。わたしの秘密兵器だったのに」

「直らないのですか？」

「ちゃんとした鍛冶技能を持つ準精霊に依頼すれば、もしかしたら……」

蒼が砕け散った欠片を拾い上げ、首を横に振った。

「緋衣響。これは……ダメだ。どんな腕のいい鍛冶屋でも直らないだろう」

「あちゃー、やっぱ無理ですか」

「無銘天使は準精霊にとって、武器であると同時に生きるための術。たとえ、他人の無銘天使を奪っても、身に付けられない」

「エンプティ化が加速することもあるよぅ、ひびきんってば大丈夫？」

蒼とアリアドネの台詞に、響は肩を竦めた。

「んー……まあ、何とかなるでショウ！　他と違って、わたしの存在理由は結構な強度がありますからねー」

——時崎狂三と離別した後は、どうなるか分からないけれど。

響はそのことをおくびにもださず、胸を張った。

「ともあれ、我々の勝利です。後は、霊晶爆薬でこのダンジョンにある、第三領域への門を塞いで——」

「……その必要はなさそうですわね」

「はい？」

精霊を倒した興奮で気付いていなかったが、既にダンジョンは崩落を始めている。地震いは留まるところを知らず、皆の頭上にも巨大な石が落下し始めていた。

「ありゃー……そりゃそうか。精霊が好き放題暴れていたら、こんな風になりますよね」

崩れる。崩れていく。

当初の冒険であった、第三領域への門の封鎖は結果的にこれで果たすことができた。何しろダンジョンそのものが崩落しようとしているのだ。

「転送陣も諸共に潰れて消えるだろうな。これで、少なくとも第三領域からの侵攻は防ぐことができるって訳だ」

第三領域の門のすぐ傍に転送陣があることで、エンプティたちは第五領域のあちこちに神出鬼没とばかりに現れていたが、それももうできない。これで伸びきった戦線を食い破られる恐れもなく、領域には平和が戻るだろう。

ハラカの言葉に、一行は思い思いに安堵の息をつく——が、すぐにそれどころではないと思い返す。何しろ、この第五ダンジョンは現在崩落真っ最中なのだ。

狂三が叫ぶ。

「上へ！」

その言葉に響、蒼、アリアドネ、ハラカは一斉に飛び上がった。

第五ダンジョン〝エロヒム・ギボール〟が崩れ落ちていく。一際巨大な石塊が落下するのを見て、狂三が短銃を引き抜いた。

「〈刻々帝〉——【七の弾】！」

狂三たちは時間を停止して落下する石を迂回し、あるいは蒼が〈天星狼〉を振りかぶって障害物を砕く。

宙へ、宙へ、宙へ。

モンスターたちは特に何かするでもなく、ただぼんやりと圧し潰されていく。響は少し感傷的な気分にならないでもなかったが、そもそも彼ら（？）に魂も感情もなく、他のダンジョンではピンピンしていることを思い出して気を取り直した。

……第五領域でやるべきことは、これで終わったと考えていいのだろう。となると、後は白の女王を倒すのみ。

　そうすれば、晴れて狂三は第一領域へと向かい、彼方の世界へと飛び立つのだろう。別れは、もうかなり間近に迫っているのだ――。

「響さん！」

「へ？　あいた⁉」

　ぼんやりしていたせいだろう、落下してきた石が頭を掠めた。狂三が怒ったように響の手をぐいと引っ張る。

「まだ、脱出できていませんのよ。……あなたの奮戦が実を結んだのですから、ここに来て台無しになさらないで」

「わ、分かってますよー」

「まあ、疲労しているなら仕方ありませんわね。しばらくは手を貸して差し上げますわ」

「……ひえ、ありがとうございます」

「その『ひえ』は何ですの？」

「普段冷血な狂三さんが珍しく温情を見せてくださったことに…………あいだだだ！」

　実際には、今の『ひえ』は単純に狂三が手を取ってくれたことに関する驚きと慕情が入り交じったものなのだが、そんなことを言うよりはいつものように下らない答えを告げた方がいいかな、と響は選択した。

「けなげぇ」

そしてぼそりと、アリアドネが響に囁（ささや）いた。響はむっとした顔で、隣（となり）で飛ぶアリアドネを睨（にら）む。

「何か仰（おっしゃ）いましたか？」

「んぅ、別にぃ。でも、忠告させてもらうと。それ、いつか爆発するんじゃないのぅ？」

アリアドネの言いたいことは理解できた。響はむっとした表情のまま、素っ気なく答えを返す。

「しませんよ。絶対に」

「墓場まで持っていくつもりぃ？」

「それは――」

即答（そくとう）するのに、躊躇（ちゅうちょ）する問い掛けだった。けれど答えは最初から決まっている。

「もちろん持っていくつもりですよ、当然じゃないですか」

「……ふぅん……ふぅあぁぁぅ……」

アリアドネは眠（ねむ）たげな眼差（まなざ）しで、ごしごしと目を擦（こす）る。

「人が真面目（まじめ）に答えを返したのに眠らないでくださいよ！　しかも飛んでる最中に！」

「いや、何だかんだで激戦をこなしたから眠たくて眠たくてぇ。まあでも、それならそれでいいけどぅ……。いや、良くないのかなぁ……」

「わたしの勝手ですー」

ふて腐れて、響はそっぽを向いた。アリアドネはそれを横目で眺めつつ、静かに彼女から離れた。

「何のお話をなさっていたんですの？」

「大したことじゃありません。ちょっとアリアドネさんの底意地が悪いことが、判明しただけです」

ふん、という感じで声を荒げる響に、狂三は珍しいものを見たと目を丸くする。

かくして一行は第一〇階層から地上へと飛んでいく。

○精霊変奏曲の終わりに

ダンジョンの外へと脱出した狂三たちは、ようやく安堵の息をついた。

「疲れたぁ……」

アリアドネがそう呟いて、ぐったりと横になる。だが、狂三たちもそれを止めようとはしない。ハラカや響も無言で横になって、とにかく安堵の息をついていた。

「元気なのは私たちだけか」

「……いえ、わたくしも横になりたいのですけれど。先ほどから、蒼さんの視線が気になって仕方ないので」

狂三はぶつぶつと愚痴を零す。脱出した途端、蒼の狂三を見る目に色が帯び始めていた。

それが何とも——恐ろしい。

というのも、どうもコレは恋情と闘志が入り交じっているらしい。上気しているのを示すように頬は赤く染まっているが、目は闘いに向けて爛々と輝いている。

……どうやら、本当に今すぐ約束を果たせということらしい。

「……約束、約束♪」

鼻歌でも歌うかのような呟き。狂三は大きく息を吸って「はああああああ」と吐き出して、些か死んだような目で尋ねた。

「本っ当にやりますの？」

「本っ当にやる」

「その……正直なところ、意味はありませんわ。殺されるなら殺す気で反撃いたしますが、蒼さん今さらそういう訳ではないのですよね？」

「でも、時崎狂三はもうすぐ遠くに行くんだから仕方ない」

不意に真実を突きつけられた狂三は、蒼から気まずげに目を逸らした。

「ああ、うん。別にそれを引き留めるつもりはない。引き留めたら、今度こそ私とあなたの関係は終わってしまう気がするし。でも、それならそれでお別れをきちんとしたい、というのは私の我が儘ではないと思う」

「……戦うのがお別れの仕方なんて、少々不適切では？」

「ふふん。そこはそれ。私は第一〇領域や第五領域みたいな戦いありきの場所でしか生きられない準精霊だから。最後はカラリと戦ってお別れしたい」

狂三と蒼の視線が交錯し、狂三は三度目のため息をついて項垂れた。

「ここでは足場が悪そうですし、場所を変えませんこと？」

「もちろん。この先に、いい感じの森がある。そこなら思う存分戦えると思う」

「しゃあない。殺し合いに発展しないよう、アタシが審判をするよ」

「……二人きりの方がいいのに……」

「頭に血が上らないとも限らないだろう？　四の五の言わない」

不承不承、という感じで蒼は頷いた。

「じゃ、じゃあわたしも……」

「……ああ、響さんは休んでいてくださいまし。さすがに疲れていますでしょう？」

よろめきながら立ち上がろうとした響を手で制し、狂三はとんと大地を蹴った。

「わたしも――」

「あ、ひびきん待ってぇ。ちょっち話したいことがある」

それでも、という感じで立ち上がろうとした響をアリアドネが引っ張った。

「……なんです？」

響の警戒した目付きに、アリアドネはくすりと笑う。……ある意味で、時崎狂三がここまでやってこれたのは、間違いなく緋衣響の助力あってこそだろう、とアリアドネは考えている。本人は否定するのだろうけど。

「大事なお話。……薄々、わたしの問い質したいこと、感付いてると思うけど」

響とアリアドネは、緩やかな仲間意識を棚上げして向かい合う。

「ですね。お話、しましょうか」

◇

「半径五〇〇メートル内は祓っておくよ。これで邪魔者は入らない、と」

篝卦ハラカが無造作に霊符を放り投げた。霊符は小鳥に変身すると、たちまち空へと羽ばたいていく。

「じゃあ、後は好きにやりなさいな。アタシは見ているが、余程のことがない限り手出しはしない。……あと、スキルとかは一旦解除する？　ほら、魔法関係とか」

第五領域の一部でしか使用できない魔法関係のスキルを封印する、という提案に二人は頷いた。

獲得したスキルである以上は卑怯でも何でもないのだが、二人は戦闘における戦術バリエーションが広がりすぎることを互いに憂慮したのだ。

狂三にとっては、蒼が魔法を使って遠距離攻撃を仕掛けてくれば厄介だし、逆に蒼にとっては狂三にこれ以上の搦め手を使われては、思考が追いつかない。

「無論。それでいい」

「構いませんわ。……では、やりますか。蒼さん？」

「うん。……何か、妙(みょう)にスッキリした気分」

疲れているのに、体の一挙手一投足に力が籠(こ)もる。研(と)ぎ澄(す)まされた神経は、木々から落ちる一枚の葉すらも認識できた。さながらゴール直前のマラソンランナー、全てがハイで世界が愛(いと)おしくなる――あの感覚。

「……蒼。無銘(むめい)天使〈天星狼(ライラプス)〉、霊装(ドレス)は〈極死霊装・一五番(ブライニクル)〉。勝ってみせる」

「時崎狂三。天使〈刻々帝(ザフキエル)〉、霊装(ドレス)は〈神威霊装・三番(エロヒム)〉。負けませんわよ？」

森を涼(すず)やかな風が横切った。

瞬間(しゅんかん)、狂三が古式銃(じゅう)を構えて撃(う)った。瞬(まばた)き一つの超早撃ち(クイックドロウ)。

見えなかった。弾丸(だんがん)ではなく、弾丸を撃つ瞬間が蒼には見えなかった。

とはいえ、それは所詮(しょせん)弾丸に過ぎない。今の蒼ならば守備を固めただけで弾(はじ)くことは容易だろう。

腕(うで)と〈天星狼(ライラプス)〉で顔面を防ぎつつ、最短距離を突っ走る。だが、弾丸が直撃した瞬間、彼女は後方へ吹(ふ)っ飛んでいた。

「……っ！」

「あら、あら。大した頑丈(がんじょう)さですこと」

狂三は呆れたような表情で、更に追撃を行う。だが、すぐに立ち上がった蒼は跳躍すると木の幹を蹴って、素早く左右へと移動。狂三を攪乱する。

目で追いきれなくなった狂三は、銃口を右往左往させる。そこへ、蒼が一気に襲いかかった。襲撃は正面からでも左右からでもなく、彼女の死角となる真上。

だが、音もなく〈天星狼〉を振り上げた蒼に、狂三がもう片方の手で握る長銃が向けられていた。

「残念。読めていますわよ」

蒼の神経が鋭敏になっているように、激戦を終えた狂三の神経もまた冴え渡っている。

空気を肌で感じ、闘志を精神で知覚した。

無音の襲撃を察知した狂三は、当然引き金を引く。だが、ここで蒼は狂三の予測を遥かに上回る行動を見せた。

「……！」

信じられないことに、蒼は宙空で狂三の放った弾丸を回避したのだ。発射された弾丸を視認しつつ、全身を螺旋る。頬を掠めた弾丸を一顧だにせず、蒼は〈天星狼〉を狂三の頭に叩きつけた。

……手応えが……ない……？

直撃したはずだった。いつもの通り、頭蓋を砕く鈍い反動が伝わるはずだった。

なのに、蒼が感じたのはちり紙を殴ったような心許なさ。

「っと……」

着地と同時、蒼は理解した。

「受け流された……!?」

真上から頭蓋を砕くために叩きつけられた〈天星狼〉を、狂三は頭を地面に向けて小さく宙返りすることによって、衝撃をほぼ完全に殺しきった。

言葉にすれば簡単だ。簡単だが——信じられないものを見た、と蒼は感嘆した。

コンマ数秒判断が遅れれば、ほんの一ミリでも受け流しがズレたら、ただそれだけで重傷だったはずなのに。

「うっそだろ……」

審判に徹する、と宣言したハラカですら思わずそんな呟きが漏れていた。

そして無防備に着地した蒼を見逃すほど、狂三は鈍くはない。

〈刻々帝〉が、横殴りの驟雨のように蒼の全身に叩き込まれた。

「〈極死霊装・一五番〉……！」

しかし、蒼の霊装は極上だった。弾丸を回避できないと察知した蒼の意思に従い、眼前の空気を凍結する。

弾丸の動きが鈍くなったのを見計らい、〈天星狼〉を一振り。弾丸が周囲に散逸し、その幾つかはハルバードの直撃で砕け散った。

「あら、あら。成長しましたわね、蒼さん？」

「時崎狂三と戦うときのため、とっておきの隠し札だもの」

可愛いことを言う、と狂三は内心で苦笑する。本来なら、【一の弾】なり【二の弾】なり、さもなくば【七の弾】を使えばいいのだろうが、蒼が真っ向から戦ってくるせいか、狂三もそれを使用することは頭の片隅に追いやっていた。

何というか、蒼に対しては技術で上回りたいという思いが強い。

「でも、真上からの一撃。少し手を抜きましたわね？」

渾身の一撃に見えたがその実、頭部に触れた瞬間に『殺さないようにしよう』という感覚があった。

「……だって、死んで欲しくないし……」

ふて腐れたようにそっぽを向く蒼に、狂三はとうとう笑いを堪えきれなくなった。

楽しい、と狂三は思う。戦うことが楽しいのではなく、蒼とこうしているのが楽しい。

一歩間違えれば死ぬというコレも、死ななければスポーツのようなものだ。

加速する思考は止めどもなく、あらゆる戦術を脳内で重ね合わせていく。攻撃の選択肢(せんたくし)は無数に枝分かれしていき、幾つかある正解を探り当てようとする。

「時崎狂三」

「何ですの？」

「やっぱりもう一度提案する。この隣界(りんかい)で一緒(いっしょ)に過ごさない？」

「……はい？」

「私はあなたが好き。あなたも私のこと、少しは好きっぽい。私だけじゃなく、この隣界に住む準精霊で、あなたを知る者は大抵(たいてい)、あなたのことを好きだと思う」

「……それはありがたい話ですけれど」

「あなたと戦うのは好き。あなたとお話しするのも好き。あなたと緋衣響が下らないやりとりをしていて、それを見ているのも割と好き。……平和だって少しは好き。たまにこうして体を動かすことができればだけど」

「ですから……」

「第五領域(ゲブラー)じゃなくても、第九領域(イェソド)に住めば、戦いも少ないだろう。まあ、アイドル活動やらなきゃいけないという縛(しば)りはあるけど。それで、私と時崎狂三と緋衣響の三人で一緒に住む。多分絶対にぐっだぐだな生活になると思うけど、それはそれで結構面白(おもしろ)い気もするし――」

「蒼さん。もうそれ以上、その話は続けないでくださいまし」

狂三はキッパリと、蒼の語る未来を拒絶する。その冷然とした瞳にしかし、蒼は全く怯むことなく、静謐な瞳で狂三を射貫く。

「私は、そういう選択肢も存在するんだとあなたに思って欲しい」

「思う訳には参りませんわ」

「うん。今はまだ思わなくてもいい。最後の最後で構わない。あなたがこの隣界から出る直前。引き返してもいいんだって、思ってくれれば」

穏やかな表情で穏やかな提案をされた。反発しようと思っていた狂三も、脱力するほどに蒼の言葉は慈愛に満ちていた。

「……それも策、ですの？」

「半分はそう。でも、もう半分は本心」

胸を張って、蒼は告げる。

「敵いませんわね」

狂三はため息をついて、我知らず第一〇領域にいた頃には考えもしなかった言葉を告げる。

「そうですわね。最後の最後、考えておきますわ」

蒼は良かった、と呟いて子供っぽく笑った。大人へのイタズラを成功させた、子供のように無邪気な笑顔だった。

そして、蒼の言葉で狂三は初めて気付いた。

わたくしは今、あの人と彼女たちを天秤に掛けている。

恋を選ぶか、友を選ぶか、愛を選ぶか、情を選ぶか。

ああ、悩ましいですわね。本当に。まだ白の女王も倒していないのに――。

そう思った直後、何もかもが反転した。

凄まじい悪寒に、もしかしたら自分は致命的なミスを犯したのではないかと理解する。

自分の悩みも、蒼との戦いも全て忘れて、空へ顔を向ける。

「時さ――」

そして事態を察知した蒼が名を呼ぶより先に、狂三は空へと羽ばたいていた。

◇

「結論から言うとねえ。わたしはくるみんに彼方の世界に行って欲しくないんだよぅ」

アリアドネの言葉は、響が大方予測していたものだった。

「どうしてですか？　……一応、友達のわたしが言うのも何ですけど。狂三さんって敵対者には情け容赦ないし、その癖支配者に完全に与するとは言い難いし、権力者の皆さんが手を焼く人材では？」

響の言葉に、アリアドネはくすくすと笑う。

「言うねぇ。ま、大体正しいけどぉ。……彼方の世界に行く方法が、まだ確立されてないのは、どうしてだと思う？」

「それは……第一領域が封鎖されているからで……」

響もさすがに噂でしか聞いたことがない。狂三と出会ってからは、彼女のために何度か情報を集めてみたが、それでも部分的な噂や伝説程度しか得るものはなかった。

「じゃあ、そもそも何で第一領域を封鎖してるのぅ？」

「……そこまでは……。む？　封鎖されてるじゃなくて封鎖してる？　……封鎖しているのは、支配者なんですか？」

響の問い掛けに、アリアドネはこくりと頷く。

「第一領域に現実世界への門があるっていうのはねぇ、一部の支配者の間では既知の事実なのよぅ」

「……なんですって？」

訝しげに響が眉を顰める。

くすりくすり、とアリアドネは微かな笑みを浮かべる。人の顔色や感情を察知するのに長けている響だが、その彼女を以てしても今のアリアドネはつかみ所がない。

「これを知っているのはわたしと真夜。そしてハラカちゃんの三人。それ以外の支配者には生者死者含めて一切伝えられてない。わたしたちはねぇ、誓ったんだよぅ。この隣界を守ろうと。この隣界の秩序を維持しようと」

「……現実世界への門があると、秩序が維持できなくなる？」

「ひびきんはさ、ここに来る前のこと何か覚えてる？」

「いえ、全然まったく」

「だよねぇ。この隣界には覚えている準精霊もいれば、覚えていない準精霊もいる。……別にそれはどっちでもいいかなって思うのよねぇ。わたしたちが怖いのは、向こうに行きたいと願う子」

「……その願いの何が悪いんですか？」

「願いは悪くないよ。悪くなるのは、隣界の霊力バランス。第一領域の門を開くということは、本来切断されたはずの隣界と彼方の世界を再び繋げるということだからねぇ」

「繋がるだけで、ですか？」

「この隣界が水の溜まったタンクだとすれば、彼方の世界は空っぽのタンク。あるいは、お湯と水の関係と言ってもいいのねぇ。門を開けて繋げるということは、空のタンクにポンプを繋げるということ。あるいは、お湯と水を混ぜるということ」

空のタンクは喜び勇んで水を吸い上げるだろう。

湯と水の関係性ならば、こちらの湯はどう考えても温度が低下するだろう。

そしてそれは不可逆。失ったものは戻らず、奪われた熱は冷えたまま。

「ええと……そういうことがあったんですか？　具体的に。つまり、誰かが彼方の世界に門を使って戻った……？」

「ひびきんは時崎狂三についてきただけあって、結構冴えてるよねぇ。外れだけど」

「冴えてないじゃないですかわたし」

「でも、そこまで来たなら後もう一押しかな。今言ったことと似たような現象、わたしたち知ってるでしょう？」

そう問われて、響は思考する。彼方の世界と繋がると起きると言われる、霊力の拡散現象。実際に第一領域の門を開いたことはなくとも、彼方の世界と繋がったことがあるといえば――。

「精霊……！」

そうだ、隣界編成。あれは、彼方の世界にいる精霊の感情が基盤になっている、と聞いたことがある。それはつまり、彼方の世界と繋がっているのでは？

「そうだよぅ。精霊はこちらに来るとき、必ず向こう側との穴を開く。その時、霊力は激しく乱れるのねぇ。ちなみに精霊がこちらにやってくるときは問答無用。門とか領域とか、全く無関係にドア開いて隣の部屋から移ってきたみたいなノリでこっちに戻ってくるんだってさぁ」

「やってらんねーですね」

こちらはただ、一人の少女を向こう側へ戻すことに、どれだけ苦労していると思っているのだ。

「もっとも……もうかなり長い間、襲ってきてないけどねぇ。それでも、隣界編成という形で隣界に干渉してくるけど」

「アリアドネさん、幾つなんですか？」

「ひみつぅ。……という訳で、わたしたちはあの門を開くことを決して許しはしなかった。今まで向こう側に行きたい、という準精霊は何人もいたけど、皆――」

「皆殺し……ですか？」

「いや。わたしの無銘(むめい)天使〈太陰太陽二四節気(たいいんたいようにじゅうよんせっき)〉で記憶(きおく)と感情を処置したんだよぅ。……さすがにそこまで鬼(おに)じゃないよ、支配者(ドミニオン)だって」

「……ああ、なるほど。でも、狂三さんには通じない……ですか」

「単純に、地力の差が激しいし。それに、第七領域(ネツアク)でポーカーやったときにも試したけど、そもそも自我が強固すぎて感情の弄り(いじ)ようがないんだよねぇ」

たはは、とアリアドネは照れたように頭を掻(か)いた。

「良かったですね……狂三さんがそれに気付いたら殺しに掛かってたかもですよ……」

感情を弄ろうとする、など恐(おそ)らく狂三にとって絶対に許しがたい行為(こうい)である。

「うん。これは墓場まで持っていこうと思ぅ……」

アリアドネも自分で言って怖くなったのか、身をぶるりと震(ふる)わせていた。

「それで……もしかしたら、ですけど。狂三さんの代わりにわたしを弄ろうとか考えているんです？」

響一人を操作する程度、アリアドネの力ならば可能だろう。それが狂三にとって、有効になるかどうかは不明だが。

「いやいや……それもくるみんにバレたら死ぬでしょぅ、わたし」

「そう……ですかね、へへへ」

「わたしの命が掛かってるのに嬉しそうだなぁ。ま、それはともかくとして。くるみんが、第一領域の門を開くことになった場合、この隣界がどうなるか分からない……それだけは伝えておきたかったんだよぅ」

「……それを狂三さんに伝えろ、と？」

アリアドネはくすり、と笑った。それは妙に達観した、大人びた笑みだなと響は思った。

「そうだねぇ。伝えて欲しかったんだけど……ひびきんは、伝えないよねぇ」

「……」

「ねえ、ひびきん。くるみん……時崎狂三はさ、隣界を壊してでも彼方の世界へ行こうとする……かなぁ？」

その言葉に、響はしばらくの間無言だった。

どうなんだろう、と響は自問自答する。第一〇領域で出会った頃ならば、間違いなくそうすると断言できた。

彼女にとって、それほどまでにあの――焼き付いた記憶の少年は重要だったのだ。

けれど、彼女は悪夢であっても殺人鬼ではない。隣界が滅ぶと知れば、もしかしたら、時崎狂三は。

「わたしたちの理想としてはさ、白の女王が倒されて、くるみんも彼方の世界に旅立って。その上で、隣界には何の害もない。そんな感じでいて欲しいけどねぇ……」

……それは、凄く素敵な結末だと響は思う。

そうであれば、自分も笑ってお別れできる。恨み言も悲しみも嘆きもなく、スッキリと、爽やかな気持ちで。

いつかまた会いましょう、なんて言葉も追加できそうな余裕がある。

けれど、もしそうでないのなら。

わたしたちのために、否、わたしのために残ってくれるだろうか……？

「狂三さんは――」

「――その問い掛けを、これ以上考える必要はないだろうさ」

空気が凍り付いた。

響とアリアドネが声のした方へと向き直ると、そこに一人のエンプティが立っていた。

純白のワンピース、純白の髪。幽霊のように覚束なく、ふらふらと揺れている。

「〈太陰太陽二四節気〉！」

エンプティの体を拘束せんと、白銀の糸が煌めいた。だが、白銀の煌めきを凌駕する光刃が、糸を至極あっさりと切り裂いた。

「なっ……」

響は驚きで声も出ない。エンプティが糸を切ったのではない。エンプティの体——腹部から出現した腕が、軍刀で切断したのだ。

そして最悪なことに、腕も軍刀も響は見た記憶があった。

「まさか——」

アリアドネが信じたくない、という感じで首を横に振る。

「私は、我々は、空間を統べる精霊だ。彼女たちがいる限り——」

エンプティの体が割れる。割れる、というよりは開くと形容するべきか。胸部から下腹部までが、それこそ扉のようにがちゃり、と音を立てて割れた。

倒れ込むエンプティは幸福そうな表情で消滅し、後に残されたのは女王のみ。

時崎狂三と対を為す、最悪が現れた。

「私はどこにだって現れるよ。第六領域で、それは思い知っていただろう？　アリアドネ・フォックスロット」

「……一体、何の用……って聞いても意味ないかぁ」

アリアドネはちらりと、響を一瞥して手で退がるように合図した。

「──おや、鋭いね。君は自分が目当てだとは考えないのかい？」

「わたしなんか、いつでもどこでも殺せそうだしねぇ」

アリアドネはそう言いつつ、ゆっくりと慎重に糸を地面に這わせる。眠たげな目付き、小さな体躯、気弱そうな瞳、脆弱そうな霊装と無銘天使。アリアドネを舐めてかからせる材料には事欠かない。

本来は、その油断を突いて仕留めにかかるのがアリアドネの常道であるが──。

「安心して欲しい、アリアドネ・フォックスロット。私は君の力を認めているよ。君の力を認めた上で、舐めているのさ」

不快な薄ら笑いに、アリアドネの表情が険しいものになった。

「ふざけるなってーのぅ……！」

周囲には充分なほど罠を仕掛けた。〈太陰太陽二四節気〉を稼働させ、一気に縛り上げようとする。それが挑発だと気付いたのは、その直後。

「【天秤の弾】」

撃たれた。狂三と遜色ない──いや、狂三以上の速度の抜き撃ち。

次の瞬間、アリアドネは混乱した。自分の無銘天使が自分を強烈に縛り上げていた。

「な、あ……!?」

自分に起きた状況が信じられない。冷静に振り返ってみれば、女王が自分と位置座標を交換しただけなのだ。既に女王の能力の幾つかは判明しており、この【天秤の弾】はその一つだ。

読もうと思えば読み切れた。対策を講じようと思えば講じられた。

なのに、女王が突然出現するという現象にパニックに陥ってしまった。響がほぼ戦力として当てにならない以上、自分しかいないという絶望感から焦燥が生まれたのだ。

……いや、焦燥が生まれたのは女王の態度も原因だ。

「思った通り。君たち支配者には戦闘経験が足りない、まったく足りない。私の手駒の一人や二人倒したところで、私に勝てるはずがない。一〇〇年早い、というやつさ」

突きつけられた銃口を躱すことは、不可能だった。

「……」

響は沈黙している。逃がさない、と白の女王の表情は伝えている。アリアドネの生死は不明、恐らく生きているだろう。だが、即座の戦闘続行は不可能と見て取れる。

つまり、緋衣響が一人で女王と向かい合わなければならなかった。

できることなどない。緋衣響では、女王に勝つ可能性はない。

「君の魂を貰いにきたよ」

女王が響の額にそっと指を当てる。心臓の鼓動が煩い、と響は思う。

「もしかして殺される、と思っているのかな？」

「いいえ。多分、殺されるよりもっと酷いことをされるのかと」

響がそう言うと、女王は目を丸くした。

「なるほど、これはいい。〝女王〟が求める訳だ。〝将軍〟や〝令嬢〟には不要だけどね」

響の思考は冷えている。現実主義者である彼女は、いつかこうなる日が訪れることも覚悟していた。自分は時崎狂三の足首に引っ掛かっている錠のようなもの。目敏い誰かが気付けば、その錠で狂三を拘束すればいい、と気付くだろう。その錠が本当に、狂三を拘束できるかどうかは……まだ未知だが。

女王は、元エンプティである自分を見て何を考えるだろうか。もちろん、最悪なことを考えるに決まっている。

「君には選択肢がある。一つは生、一つは死だ。私が慈悲を手向けたくなるような回答を聞かせて欲しい。さあ、どちらがいい？」

響はごくりと唾を飲む。これは最初の難所だ。求められているのは、高潔か卑屈か。

「…………」

響の答えを聞いて、女王は満足げに頷いた。

「誰を望む？　折角なので選ぼうじゃないか。ルーク、ビショップ、ナイト」

さあ、ここからが本番だ。誰を選ぶにせよ、誰に成るにせよ、響は意識をしっかりと保たねばならない。

——信じていますよ、狂三さん。

——そして、信じますよ。わたし。

緋衣響は、時崎狂三を信じてここまで戦ってきた。だが、ここから先はもう一つ、とても重要な戦いを行わなければならなかった。

あらゆる時代あらゆる場所で行われた、全ての人間にとって避けられない戦い。

自己との闘争だ。

◇

緋衣響だった者を転送した直後、時崎狂三が女王に銃を向けていた。

「白の女王…………!!」

その言葉に、その声に、その絶叫(ぜっきょう)に。

遂(つい)に、〝彼女〟が口を開いた。

「こんにちは。久しぶりだね、狂三さん」

「……ッ！」

穏(おだ)やかな、かつて聞いたことのある声。狂三は引き金を引くどころか、思考が完全なる空白状態に陥った。

その隙(すき)に、白の女王(クイーン)は傍(そば)にいたエンプティに軍刀(サーベル)を突き刺(さ)し、悠々(ゆうゆう)と扉を開く。

「もう止められないし、止める必要もない。隣界は崩落(ほうらく)し、全ては夢の残滓(ざんし)となって消えていくだけ。でも、仕方ないよね。狂三さんが悪いんだもの」

狂三の心が、女王の言葉に軋(きし)んでいく。違和感(いわかん)と異物感が押し寄せ、狂三の思考はまるで纏(まと)まらない。おかしかった。女王の余裕ある態度も、言葉も、何もかもおかしいが……もっともっとおかしいものが、そこにあった。

不意に、悟(さと)る。

声。

声が、おかしい。

そうだ、白の女王にずっと感じていた違和感。あれは、わたくしの声ではない……！

ひどく郷愁を感じさせる、何とも穏やかな声。

朝の日差しの下で、肩も触れ合うくらいに近くから聞いた声。

昼時の喧噪の中、笑いながら聞いた声。

夕暮れの教室で、聞いたことのある声。

夜、長電話をしながら耳元で囁かれたことのある声。

綺麗で、品があって、落ち着いていて、軽やかで、憧れていた声だった。

そして、わたくしが——失った、声だった。


「どう、して……」

あらゆる疑問があり、あらゆる謎が山積みされていた。しかしそれを、白の女王は涼やかに笑って受け流す。

世界が裏返るような感覚。信じていたものが、全て消えてしまったような。

彼女に対する憎悪、彼女に対する使命感、彼女に対する戦意。それが全て、あっさりと、何か違うものに変化する。

戸惑い……理解できないものに相対した恐怖。

なのに、女王は涼やかに微笑んでいる。そうすることが、ずっとずっと前から当然だったように。彼女は時崎狂三の反転体――それだけではなかった。そこにあったのは、もっともっと時崎狂三の根幹に関わる存在だった。

女王は告げる。

「今からわたしたちは第二領域に攻め込むよ。求めているものはそこにあるみたいだからね。だから、そこで寝たふりを決め込んでいるアリアドネさん。全領域から、支配者をありったけ呼んであげて。私が勝つか、あなたたちが勝つか、争ってみるのも一興だし」

「……」

アリアドネは無言を貫く。

「待っ……」

「もう、待たない。わたしにも、彼方の世界に戻る権利はある。でしょう?」

女王は姿を消し、後に残ったエンプティも瞬時に消滅した。

後に残るは、倒れ伏したアリアドネ。追いかけてきた篝卦ハラカと蒼。

そして、呆然と――銃を向けることすら忘れてしまった、時崎狂三。

人間であった時崎狂三と、精霊であった時崎狂三を繋ぐ者。

「どうして……紗和さんが……!」

あの女王の声は間違いなく——時崎狂三が人間を捨てた分岐点に佇む、狂三に殺されたい少女の、穏やかな声だった。

緋衣響は攫われ、時崎狂三の使命感は砕け散った。
全てを喪失し、全ての意志を折られ、胸の内にあるのは困惑と悲哀だけ。
嵐のような思考の中、それでも狂三が理解できている事柄が一つある。
——ここで自分が立たなければ、誰も救えない。
それだけは疑いようもない真実であり、今の彼女にとってもっとも困難な冒険だった。
かくして支配者たちは集い、女王は彼方の世界への凱旋を果たさんとする。
全ての終わりが始まるのだ。

○例えばそれは、そういうことなのだ

　今さら「デート・ア・バレット」について言うのもなんですが、こちらは「デート・ア・ライブ」に登場する時崎狂三という少女を主軸にし、同時に「デート・ア・ライブ」の設定を間借りしたスピンオフ作品となります。

　さて、つまり。逆に言うと、「デート・ア・バレット」の設定自体は大本の「デート・ア・ライブ」に抵触さえしなければ――つまり、Eランクだと侮られていた時崎狂三が実はSランクで「デート・ア・ライブ」のラスボスも十香も他ヒロインも全員ごぼう抜きでなんか曖昧に勝利する、みたいな展開にならなければ、大抵のことは許されるのです。

　そういう訳で今回は、ほぼほぼ最大の禁じ手（終盤で出てくる自動災害機械になっていたあの子です）をギリギリのギリギリギリという感じでやらせていただきました。ありがとうございます、橘公司先生。へへぇ（へつらいの笑み）。

　また、今回遂に白の女王についても正体が明かされました。

　これについては白の女王を出す、と決めた際に幾つかの正体を準備しており、どれにするべきか話し合った末に決定。もしかすると「誰？」と、さながら第弐門で毅波さんが出

てきたときのような表情をする方もいらっしゃるかもしれませんが、彼女については原作である「デート・ア・ライブ」の狂三に関するエピソードを読み返していくと、発見できるかもしれません。

与太話はここまで。さて、今回六巻を送り出せることになったのですが、「デート・ア・バレット」五巻は去年の三月発売。つまり、今回のお話を出すために丸々一年かかったことになります。

これはもうひとえに自分のスケジュールミスでして、本当に本当に申し訳ありません。

次巻こそは、できるだけ……できるだけ迅速に皆様の下へお届けしたいと考えております！　頑張ります！　そして、アニメ版もよろしく！

最終巻を迎えることになりました。橘先生、つなこ先生、改めまして本当に本当にお疲れ様でした……！　世間は色々と大変ですが、作家にできることはとりあえず元気が出るような作品を世に送り出すことだけだと信じて、もう少し頑張らせていただきます。それでは！

東出　祐一郎

デート・ア・ライブ　フラグメント

デート・ア・バレット6

令和2年3月20日　初版発行

著者――東出祐一郎

原案・監修――橘　公司

発行者――三坂泰二

発　行――株式会社KADOKAWA

〒102-8177

東京都千代田区富士見2-13-3

0570-002-301（ナビダイヤル）

印刷所――株式会社暁印刷

製本所――株式会社ビルディング・ブックセンター

※定価はカバーに表示してあります。

●お問い合わせ

https://www.kadokawa.co.jp/（「お問い合わせ」へお進みください）

※内容によっては、お答えできない場合があります。

※サポートは日本国内のみとさせていただきます。

※Japanese text only

ISBN978-4-04-073372-2 C0193 ◇◇◇